直立行走

中篇小说选集

宋小词／著

东方出版中心

图书在版编目(CIP)数据

直立行走/宋小词著.—上海：东方出版中心，
2017.7

(中篇小说文库)

ISBN 978－7－5473－1136－3

Ⅰ.①直… Ⅱ.①宋… Ⅲ.①中篇小说-小说集-中
国-当代 Ⅳ.①I247.5

中国版本图书馆 CIP 数据核字(2017)第 141124 号

直立行走

出版发行：东方出版中心

地　　址：上海市仙霞路 345 号

电　　话：(021)62417400

邮政编码：200336

经　　销：全国新华书店

印　　刷：常熟市新骅印刷有限公司

开　　本：890×1240 毫米　1/32

字　　数：132 千字

印　　张：7.25

印　　数：1—5,050

版　　次：2017 年 7 月第 1 版第 1 次印刷

ISBN 978－7－5473－1136－3

定　　价：30.00 元

东方出版中心邮购部　电话：(021)52069798

目　录

直立行走

一

完事后，周午马说，你去洗洗吧。杨双福便听话地从床上起来，踩着纸一样的拖鞋进了卫生间。水阀打开，冷雨像箭一样射下来，半天才有热水。雾气弥漫，蒸腾出某种龌龊。她取下角架上的洗浴液，挤出一大坨，狠狠地抹在脖颈上、双乳上、腋窝下、私处和双腿上，用力揉搓，打起满身泡沫，然后取下莲蓬头猛冲。下体有一股热液涌出，伴着一股浓郁的腥味儿，她忽然感到羞耻，觉得自己像周午马的一只夜壶。

冲洗了半小时，她围了条浴巾出来，周午马已经衣是衣衫是衫穿戴整齐地坐在沙发椅上拨弄手机。她哆嗦了一下，迅速知道这晚开的依然是钟点房。他的白衬衫一丝不苟地扎进黑色牛仔裤里，一条高仿的爱马仕皮带穿腰而过，"H"标志咧嘴大笑，酒足饭饱似的。她有些愤怒。下了床，他早早从兽变成了人，而她却还赤身裸体，像个畜生。她慌乱地穿起衣服，忽地有种被欺负的感觉。

看她穿得差不多了，他对她笑了笑。她也对他笑了笑。

他说，你先走吧，晚了就难坐车了。你住得远。

她没说话。拿起包就走了。

在电梯里，对着镜子，看着烧红的脸，她觉得自己丑极了。

电梯门开的时候，一股冷风迎面袭来，她打了一个冷战，将羽绒服的帽子戴在头上。下了雨，江汉路水淋淋的，四处游走的霓虹仿佛肥皂水泼得满大街都是。到处都是人，每个男人的腋下都夹带着一个女人，高的矮的胖的瘦的香的臭的，蝗虫般黑压压地在街上打成了堆，每家的店铺和摊位都是人，几家餐馆前等着就餐的人排队都排出几道弯来了。步行街上全是兜售玫瑰花、巧克力和发光牛角箍的。

七点半，别人的情人节这会儿才刚刚开始，而她的情人节已经草草闭幕了。一对对情侣从她身边谈笑而过，她犹如受了内伤一般。

周午马约她三点来江汉路，她上午就从武昌赶过来了，怕堵车。她住在关山一个偏远的城中村。武汉这两年大兴土木，每天若干个工地一齐开工，每条路如癌症晚期一般，一堵车就堵成一锅粥。每次他约她，都是在汉口。她对汉口的地形不怎么熟悉，每次约会，他说一个地点，定下一个时间，她都要提

4

前很长一段时间用来寻找他说的那个地方。她从来没有迟到过。每次他满头大汗地赶来，看到她早早坐在店里了，他总是很惊喜地叹道，哇，你好贼，这个犄角旮旯儿我还担心你找不到呢。她笑笑。她不想让他看见她在大街上慌忙前行，两眼迷茫，抬头四顾，走三步就拉人问路的狼狈样子。

说到底，她还是怕他瞧不起她。其实她心里也知道，无论她怎么努力，他都是瞧不起她的。城里人总是瞧不起乡下人的。他们今天三点半就在江汉路的一家小餐馆吃了饭，宽阔的餐厅里就他们两个人入座，好在她中午只吃了一个面包，所以还能下得去筷子。三个菜，一道葱烧武昌鱼、一道香酥锅巴、一道广东菜心。中途他叫服务员给她加了一个木瓜炖雪蛤，半只转基因木瓜里盛了些白色的碎末，她舀了一勺，大部分是银耳。她看了看桌上的三角架菜谱，不贵，二十八元，好歹是他的一个心意。她吃了，吃完了。

之后他们就去了附近的如家酒店。这是他约她的重点。她是清楚的，没必要去计较，很多事说穿了就没有味了。只是她以为今天会比以往多一些娱乐内容，她以为会在餐桌与上床之间增加个看电影或是打桌游的节目，再不济轧轧马路也行啊，这样安排会让她觉得更好些。她有一些失落。

房间是早就开好了的，他拿房卡把门打开，她走了进去，她希望能在桌上或是床上看见一束玫瑰或是巧克力，这样多少

会给她一些尊严和慰藉，可是什么也没有，只有一股长年不见
阳光的霉味。他将她推到在床上压在身下，双手在衣内一把抓
住她的胸时，她的心"咚"的一声跌在了深洞里，五脏间一片
黑暗。

二

　　杨双福在光谷鲁磨路一家私企里上班，老板是做商超培训
的，号称全国都有业务，手下五六个业务员各自划有片区，她
分管华北区。她从大学毕业就在这里混着。上班就是打电话，
华北区商场超市的电话胡乱打一通，通常自报家门后，对方就
不耐烦地挂了电话，有的还要骂通娘才肯挂电话。刚开始她气
鼓鼓的，还掉泪。每次员工训话，他们老板总说，这年头能把
别人口袋里的钱捞出来揣自己兜里才叫本事，被对方骂娘怎样
了，卵大个事也值得放在心里磨，你们的心眼也太便宜了。后
来她也就皮糙肉厚了。她认为付出就有回报，勤劳就能致富的
美好时代已经一去不复返了。

　　茶水间里同事们都在谈论各自的情人节，嘻嘻哈哈的，晒
着各自的礼物，脖子上的黄金项链、手上的戒指、肩上的包包、
脚上的鞋子。她们探出头来问她，双福姐，姐夫给你买什么礼

物了？她心里一苦，笑笑，说，老夫老妻了，哪里还有这些浪漫。

双福姐，这么好的男人，你要抓紧点，不要拖啦。

你看人家要模样有模样，要身材有身材，难得的是武汉本地人，配你那是，啊，不要不知足哦。

她跟她们笑笑，进去端着一杯奶茶又走了出来。她知道她跟周午马的差距，她配他那是占大便宜了。周午马武汉人，身高一米七五，眉眼有几分国民男神张国荣的样儿，这样的男人哪怕当众擤个鼻涕吐口绿痰都是帅的。自己呢，一个农村姑娘，身高不足一米六，相貌平平，因为久坐，腰腹上趴着了一圈赘肉，又不懂穿衣打扮，她能跟周午马搅到一堆，是让许多女人恨得牙痒痒的。她们很想看看她的下场，什么下场呢，无非就是看周午马能不能娶她，她们大抵觉得男人许给女人婚姻比男人本身还要可靠，千好万好若不能结婚总是一场空。她又何尝不想结婚呢，可跟他相处了这么久，他从没有流露要她上门见他父母的意思，她都不知道他家住哪里。他跟她之间的关系靠吃饭和睡觉维系着。

她如身陷一场泥泞，拔不出来，只能一点一点地陷下去。

她给周午马发了条微信，问他在干什么，并附上一个笑脸。她怕那些字太冰冷，得有个笑脸的表情。她对他用尽心思。发出后很久都没有回音。这便无端搅乱了她的心境。她开始仔细回忆昨天的约会，是不是有什么地方做得不够好，令他厌弃了。有时候她自己都厌弃自己，作为一个女人她没钱没貌没高贵出身，只有一对双乳生得还算丰满，可这一对双乳又能挽留他到何时呢？

整个下午她都怏怏的。她一直将手机摆在桌前，一有动静就划开看看，每次都是系统推送的广告信息。她的心光随着窗外的天光逐渐黯淡了下来。在下班前她的手机短促地响了两下，是微信，她的心一紧，打开一看，果然是周午马的，发来两个表情，一支玫瑰一个红唇。

这就够了，玫瑰与红唇都是爱情的意思。爱情是她的青山。只要青山在，就不怕没柴烧。她的心豁然开朗了，所有的光都来了，希望来了，甜蜜也来了。

晚上同事们邀着去锅加锅吃香辣虾，她也赶着去凑了热闹。都是一群外来人，乡里的，小县城的，两三杯啤酒下肚，就胡乱言语。

双福姐，一定要拿下姓周的，一定要在这里扎下根来。

双福姐，男人是很好弄的，一瓶红酒加一个裸体就搞定了。

双福姐，一定要豁出去，舍得一身剐，敢把皇帝拉下马，你找了个武汉本地的，不知道省了多少事，起码房子不用愁吧，这就比我们少奋斗二十年，二十年啊，人生最值钱的二十年啊。

很快就有人纠正，说，三十年，三十年啊。知道武汉现在的房价吗，光谷都一万五一平米了。

这就是武汉人的荣耀，他们生下来不动弹也比我们快三十年。

来，为双福姐提前三十年进入中产阶级干杯！

哈哈。

呵呵。

他们像背负着血海深仇一样从乡野进入到城市，每天如鸡一样，两只爪子得在地上刨出血来才有一爪食吃。

她颇有些惆怅，麻木地灌了自己许多酒，直喝得头脑发沉，同事看出了她的醉态，酒事匆忙结束。她知道自己的量，她并没有喝高，只是装醉。她想体会被人搀扶的滋味，想感受人与人相偎着的暖意，在这个闪亮的城市里，她每天都带着盔甲，全副武装地把自己弄得质地坚硬，只有她自己清楚，她是个弱者，敏感又极其容易受到伤害。

同事们架着她在商量对她的处理，对由谁来护送她回家都很犹豫，大家都有各自的事情。在解释与推诿中，她知道自己成了包袱。她最终还是推开了同事们的手臂，有一些苍凉。她不想给同事们添麻烦，自己不能给予别人什么，便也不能奢望能从别人那里得到什么。一辆空的士救星般从路边开来，她果断招手，迅捷地打开车门坐了上去，对司机说了地点，在同事们都还没有反应过来时她大笑着对同事们说了拜拜。

含着 PM2.5 的风吹拂着她的脸庞，看着光谷转盘中间的喷泉，她一时感伤，流下两串热泪。

三

日子像是被胶粘住了似的，时光缓慢滞重。已经三天了，周午马像是忘了她这个人，没有给她一条信息。他总是这样子，在"饱餐"了她之后总有一个礼拜左右的时间是想不起她的。她虽热盼他的消息，但她那点可怜的自尊一直克制着自己的殷勤。

周五的晚上，她拎着一碗麻辣烫上楼时，手机铃声在包里轰然作响。她的心一下腾起波浪，这是她专为他的来电设的《死了都要爱》，"死了都要爱，不哭到微笑不痛快，宇宙毁灭心还在，把每天当成是末日来相爱……"，她慌慌地从包里掏手机，怕接迟了，爱就走了。

喂。她轻轻地。

双福，明天是元宵节，你到我们家吃汤圆吧。

她的脖子顿时伸长两尺，她有些懵，你刚才说什么？

叫你明天到我们家过节。中午之前，我过来接你。

我，我。她有些慌乱，她似乎一直都暗暗地为此事准备着但又一直没有准备好，猛地这么一说，就把她抵到了悬崖上。

10

她说，午马，能不能不到你家去啊，我，我。

别不识抬举啊，是我爸妈的意思。

她怕他不耐烦，说，我没有别的意思，我只是，我只是害怕。

行了，我明天来接你。

谈恋爱，见父母总归是一件大事，这是他俩关系脱胎换骨的关键一步。失败了，便前功尽弃；成功了，他们将走进新时代。这机会，她必须得牢牢抓住。从前她一直隐隐担忧自己会在泥淖里沉沦下去，现在才发现周午马是靠谱的，是可以托付终生的。她的命真是太好了。武汉人，城里人都还是好的。

打开寝室门，"啪"地开灯，一阵窸窸窣窣的声音，几只蟑螂四处逃窜，桌上的、地上的、墙上的，一下就没影了。她对此已经习以为常。

这个城中村卵蛋似的被四周高楼夹击，像一颗发烂的心脏在黑暗中微弱地搏动。小区路口的垃圾箱，棺材一样，常年臭气熏天，污水横流，这里地势又低，一遇到暴雨天，整个城中村一秒钟变河流，日照不充足，潮气久久不退，所以这里终年都散发着霉味和馊味。但这里也热闹，有许多小餐馆，烟熏火燎的，路面被地沟油盘出一层包浆，乌亮乌亮的。边上一条水果摊，烂苹果烂梨子都沤出了一股酒气。城中村的住户很杂，学生、贩子、民工，天南地北的人都有，是另一个江湖。杨双福住的这个楼大多是附近几所高校的学生，考研的、同居的、考编制的、啃老的都窝在这楼里，所以时不时还能听到读单词的声音，也能闻到精液满天飞的气味。她大学毕业就被学姐介绍租住在这里了，十五个平米，一个月七百块，她觉得还是贵了，但她知道在城区却是最便宜的租价了，搬到这里两年了就没挪窝，这里的老鼠蟑螂苍蝇蚊子她都认识了。

远处是挖掘机的作业声，很多次她都梦见那些挖掘机并排向这个城中村开来，它们把这里的房子、树木、泥土、老鼠和人都当成了垃圾撮进搅拌机里，含着血肉的泥浆从搅拌机里流了出来。她惊恐地呐喊着，挣扎着，想要逃，可是有股巨大的力量将她吸了进去，又将她甩入到齿轮里。她总是在大叫声中醒来，怔怔的，然后在心悸与不安中又沉沉睡去。

次日，她早早就起床去了超市，在卖酒和卖茶的专柜里盘旋了很久，一只手在这个上放一放，在那个上放一放，不知道选哪个好。武汉人讲面子，送廉价货是很得罪人的。最后她狠了狠心拿了两瓶贵州茅台，七百多块钱。又拿了一个"不是所有牛奶都叫特仑苏"的礼盒，这便拿得出手了。

回到住处烧水洗头洗澡。重头戏便是穿衣服了。她把柜子里的衣服都搬到了床上，望着这堆衣服，她像狗看着一只刺猬，无从下手。平常胡乱逮着哪件穿哪件，也能出门，可今天不比寻常，她想靠这些衣服来装扮出自己的分量、价值、脸面和教养来。紫色的棉衣显得老气，鹅黄的斗篷质地太差，蓝色的卫衣已经起毛了，穿上虽然还过得去，可心里总归是别扭，怕别人从这一细节中捕捉到她的寒酸，顿了顿又脱了。穿了脱，脱了穿，坏情绪弥漫开来，她快要晕厥了，镜子里的一张脸红得像烧煤，越发的粗陋。她忽然讨厌起自己的生活，她痛恨贫穷和自己的出身，她痛恨起那些光鲜靓丽的会穿衣打扮的女子，她们依靠着姣好的面容和身材俘获有钱男人过着有房有车的日子，她们年纪轻轻却能不劳而获，享受丰富而全面的物质生活，而像她这样勤劳的女子汗水洒一地，却连一件像样的衣服也买不起。她感到些无助与灰心，跌坐在床上，眼泪不自觉地流了下来。

外面响起汽车的喇叭声，接着她的手机在桌上响了起来。是周午马来了。她赶紧抹泪。扒了条牛仔裤和黑色羽绒服匆匆照了照镜子，就拿了包和礼物出门了。

她看见了一辆掉了漆的白色富康。周午马在车里吸烟。太阳底下，喧闹声变得稀薄，她的脑袋嗡嗡作响。她想到了一年半前的那一天。

四

前年的 11 月 11 日，她被学姐拉去参加她 QQ 群的一个单身汉聚会。那是她第一次去传说中的酒吧。逼仄的包厢，昏暗的灯光，十几位穿红着绿的男男女女挤着坐在一圈软沙发里。几十瓶朗姆酒和啤酒炸弹般堆在条桌上。"嘭嘭嘭"，其中一男子训练有素，一连开了十几瓶酒，然后给每个人面前放了一瓶。看见酒她惊慌地站起，连连摆手说，我不喝，我不会喝酒的。学姐在后面扯了她的衣服。接着她听到很多人的笑声。她知道她出了洋相，在这么一群光鲜入时的帅哥靓女堆里，她是如此土鳖，她更加拘谨与自卑了。

她长这么大还没见过这样的世面，她确实不会喝酒，这样的场合使她感到恐惧。她的衣着也明显跟这里不搭调。她为自己的圆脸、雀斑、杂乱的眉毛和光秃秃的手指感到难为情，一看就是从乡里出来还没有被城市格式化的姑娘，话里也夹杂着浓重的方言。她不明白学姐为何要拉她来参加这样的聚会。学姐虽然跟她是一个地方的，可是学姐已经被同化了，画着口红，涂着指甲油，脱去外套里面的衣服也照样光彩照人，纤纤玉指弹着烟灰，一副江湖老辣的派头。而她呢，里面穿着一件黑毛衣，还是她母亲手织的那种，紧紧地箍在身上，赘肉如丸子般这里鼓出一团那里闪出一坨。在空调的烘烤下，热得额头冒汗，可是她哪里敢脱去外套，一脱，她的穷酸与窘迫将一览无余。

她就那么枯坐着，看着那群狂犬般的光棍们。她看得最多的是对面那个穿红蓝格子衬衣的男子，小平头，长型脸，眉型

14

好看，像两把剑，眼睛也亮，玻璃珠子似的，鼻子又高，喝了酒，嘴巴湿漉漉的还带着红润。这模样，用她们老家人的话说，生的也能吃。她知道他姓周，身边的人都叫他午马哥。她想他一定是午时出生的，午属马。男子要午不得午。命书上讲男子生在午时是顶好的。或许是马年生的，那么他就长她四岁。心里不觉对他多了些好感。

她看见周午马跟身边两位男的突然"叽叽"地发笑，还时不时拿眼瞟瞟她。这令她百般不自在，她两腿绷得紧紧的，尽量让自己坐得端正些。她感觉到那种笑有些浑浊，带着不怀好意的劲儿。他们一定是在取笑她的乡土气息，她的鞋子还是那种带襻的圆头皮鞋。她将脚朝沙发边收了收。她的脸红了起来。

狭窄的空间里烟雾缭绕，她去了趟卫生间。出来时恰巧碰上周午马。他跟她打招呼，嗨，杨双福。并请她先用洗手池。她赶忙笑了笑。她没想到他还记得她的名字。更没想到他竟然主动向她要了手机号码。她没多想，心里雀跃着，大方地告诉了他，还掏出手机互相加了微信。

她跟在他后面走到座位处，引来一片目光，而且他居然还坐到了她的旁边，那片目光顿时探照灯一般聚拢到她的身上来，连学姐都瞪大眼睛，大抵都觉得她是闷骚型的。她承受不了这些眼光，便借故撤了。她回屋没多久，手机便"滴滴"了两声，竟然是周午马的。他问她住哪？这令她有些慌乱并恼怒，他们才刚认识，不，他们还没有认识，他竟直白地打探她的巢穴，这有点无耻。杨双福在床上滚了几滚，心烦意乱，却按捺不住兴奋。她一屁股坐起来，把自己的安身之所告诉了他。周午马很快回复，晚上请你吃饭，希望赏光。她顿了顿，像是怕错过什么似的，回了一个"好"。

她的心莫名跳动起来。她恼恨自己的轻浮，怎么随随便便就答应了别人的晚餐呢，一点都不矜持，女孩子越是这个时候应该越是稳重，否则会让人轻看的。她后悔了。她捏着手机打算推掉，可是她又怕自己一装逼，对方就永远对她失去兴趣了。她二十六岁，大学毕业都三年了，还没有谈过恋爱。可是在大学里和公司里，她的有性经验的同学同事们讲荤段子都不避讳她，她们私下里讨论床技与口交，看她脸红齐脖子，都尊她为另类，讥讽她装纯洁。她又气愤又委屈。她倒是渴望交个男朋友，渴望有份浪漫掉馅饼似的砸她脑袋上。别人也跟她介绍过几个，但坐在那些男人面前，她不知道说什么，而对方也同样木讷。她对自己越发的不自信了。她搞不清楚这满世界的男人到底喜欢什么样的女人。她只觉得贞节、忠诚、本分、善良这样的传统美德似乎过时了。这个时代都要求女人学妖精，丰乳肥臀，伶牙俐齿，风流妩媚，自私自利，以美色去俘获男人的下半身，而不是以操守去打动男人的心灵。伟大的女人们倘若变质了，哪里还能找出优质的男人呢？

　　推脱的短信到底没有发送。她已经没有勇气说不了。她换了身衣服，洗了脸搽了香香，与时间一起坐在床上。

　　差不多五点多钟的样子，他发微信说他到了。她出去，看到小区外停着一辆香槟金的小轿车。周午马戴着墨镜叼着一根烟靠在车门上，像极了港片里小马哥的派头。她从生锈的铁楼梯一步步走下来，闻着各种被沤烂的气味，第一次她有了一种在尘埃里绽放的神色。

　　他们在光谷一家新开的小餐馆里吃了一个鱼火锅。他劝她喝了一瓶啤酒。吃完饭他对她说，我们不要那么早回去，你多陪陪我吧。她说好。出了门周午马就揪住了杨双福的手，杨双福假意抽了抽，便任由他牵着，后来他又扶住了她的肩，一只手吊在她的胸前，似有意又似无意的时不时就会触碰到她高耸的胸。她很讨厌这样，便把他的手拿下，但他又固执地搭了上来。终于周午马一把抱住了她，在光线幽暗又人头攒动的大街上，他的舌头强硬地撬开了她的嘴唇。羞愧、惊恐、骄傲、激荡、兴奋一齐滚进她的感觉里。她推他却死也推不开，求欢的力量如泰山压顶。

　　几家连锁酒店都没房了。他们在寒风中寻找了好久才在一个犄角旮旯里找到一家旅店。地毯凹凸不平，他拖着她高一脚低一脚地走进一间霉迹斑斑的小房间里。关上门，都等不及插卡取电，就着窗户外城市的灯火，他便将她抱上了床，在她的扭捏与

17

抵抗中脱去了她的衣服。她的乳房完全暴露了，她的内裤也被扯下，她赤条条地躺在白色的窄床上，巨大的羞耻和恐惧像浪一样涌向她，她感到窒息，也感到愤怒，但同时也感到新奇。一丝不挂的周午马俯下身来。他把她的手引向他的性器，那是她第一次看见男人的那东西，像一根钢筋棒，灼热坚挺，蛮横霸道。

她被他揉搓得汁液横流。她明白她守了二十六年的贞操就要完蛋了，到了这步田地她没有了任何退路，绝地里，她凭空生出一股勇气，她开始迎合他，用她的嘴唇、乳房和身体。

在他提枪挺进的时候，疼痛令她如虾一般弓起腰身，她不停地喊轻点轻点。他在她上面直喘粗气，力道并没有减弱，相反火力更为猛烈。她感到下体一阵撕裂的剧痛，他对她没有怜惜，她的心里涌起一阵寒意。

他把卡插上，灯跳了一下然后猛地亮了，床单上有血。杨双福有点难为情，她怕旅店责难，便在洗漱间取了水和肥皂，将其搓洗干净。她光着身子劳动，他便光着身子在旁边一直撩拨她。

五

这是他第二次开车来她的住处接她。一年半了，他们之间还在交往，他并没有甩了她，这便是她的体面了。好多人包括学姐都说周午马蹬你，分分钟。学姐还说，你跟他是不可能长久的。可是他跟她之间已经一年半了。他睡了她一次又一次，这里面不能说一丁点爱意都没有。

他看到她手里的东西，笑了笑，说，还买什么礼物啊？

她说，第一次登门，是礼数。

他把酒和牛奶扔在车后座上，让杨双福坐在了副驾驶上。武汉近来天气还不错，虽有雾霾，但阳光还能穿透，照在光秃秃的树木和泛黄的野草上面，也能显出某种生气。车里有暖气，杨双福伸展开手脚来，隐隐有一种主人公的感觉来。一路上，他的电话没有消停过，短信、电话、微信、QQ隔几秒钟就"嘀嘀嘀"，一直"嘀"到上一桥才清静些。这些声音像一根根刺捣进杨双福的心里，可是她不能表达些什么。能跟他相处这么久，她清楚这跟自己的忍耐与包容有巨大的关系。她年轻，脚尖眼尖，可是她必须得装聋作哑，装糊涂。有时候她是恨自己的，但人际关系学让她继续软弱下去。从小家里人就教她，忍得一时之气，免得百日之忧。人能百忍自无忧。她便在这种容忍之道的家教中长大。只是她不明白的是，忍了这么多，人生之忧好像并没有消除。

都是些垃圾信息，不是推销楼盘就是推销迷药，妈蛋。周午马从裤兜里掏出手机摔在车台上。

杨双福笑笑，说，别把手机摔坏了。

周午马说，心里烦。

她不知道他心里烦什么。她的心里也是一团糟，第一次登男朋友家的门，见未来公婆，见识大城市家庭，她很是紧张，她怕人家瞧不上她。城市家庭里地板都闪着光，进门要换鞋，她为此特意穿了一双漂亮的袜子，还是有五个脚指头的时髦袜子。

车上了晴川桥，几天不见，汉江瘦成了一条裤腰带。一些船搁浅在两岸，像一堆废铜烂铁，兼着有霾笼罩着，江面模糊不清，死气沉沉。江岸这边的汉正街批发市场倒是车来车往，人声鼎沸，隔着车窗都能听见吆喝声和叫喊声，杂乱得像打仗一般。一些摊位、货车和打货的人群将这里挤得水泄不通，交通灯沦为摆设。车在晴川桥上一堵就能堵上个把小时。不耐烦的车喇叭声使这条路溃疡一般烂成一片。

杨双福一抬眼，从桥上突然看到汉江边好几栋房子白花花一片，定睛一看原来是攀扯的一条条白色横幅，横的竖的，从屋顶垂下来，像灵幡。上面用墨汁泼满了大字，"反对强拆，还我家园""无良开发商违规拆迁，黑心政府欺压无辜百姓""誓死捍卫家园""先还建，后拆迁，否则免谈"。原来是要拆迁。这种事如今见得也多了，以前强拆死几个人还算得上新闻，现在赔上几条人命也已不新鲜了。武汉因为一拆暴富的人多了，闹一闹也无非是为了多得点钱。拆迁户争是为了他们的利益，犯不着拉着不相干的人去为他们长威风。杨双福撇了撇嘴。

道路松了点，车一溜烟就下了桥，拐了个弯，车便停了。周午马说，到了，得走一段。杨双福愣愣地下了车，从后面车座上拿起礼品。待周午马锁好车门后，就跟在他后面往前走。穿过一条做布匹生意的小街后就到了一座高楼前，楼房有些旧了，白瓷砖上的黄渍像尿垢。几个垃圾桶摆在楼前的花坛边，一些白的黄的塑料袋浑浊地露出来，散发一股沤烂的臭味，杨双福有些恶心。

楼盖得有些奇怪，一进去是一片空旷，像是一脚跌进洞里。两边是若干门面，大半是批发布匹的，兼有批发水钻、纽扣、流苏、徽标等小物件的，地上全是些烂布头，被鞋底踏过后，统一呈现泥色。这楼的三层全是门面店，人声嘈杂，比菜市场还乱。到了第四层才稍微清静些，可是楼道黑黢黢的，她咳嗽了两声企图咳出点光亮来。

周午马说，灯坏了。

好半天杨双福才适应这微弱的光线。扶手一股铁锈味儿。楼道外一阵"噼噼啪啪"的声音，像擂鼓。透过老式的水泥镂空窗花，她往外细细一看，原来是大风吹动布匹擂打墙面的声音，在桥上看到的白色横幅是悬挂在这栋楼上的。怪不得一进来就闻到一股拆迁的味儿。

　　楼梯被杂物占据了一小半，她两手提着东西行走有些不便。她忽然有些气愤，问，你就不能帮我提一下吗？周午马"哦"了一声，接过了她手上的东西。这是他们交往以来，她第一次这么不客气地使唤他。她从这栋黑咕隆咚的楼里敏感地嗅到了穷和困的气味。周午马跟她一样都是贫寒的出身。

　　一股浓浓的猪蹄炖藕裹着煤火和八角味儿扑面而来。

　　这是我妈炖的猪蹄。周午马说。

　　香。杨双福说。

　　气喘吁吁爬完最后一步楼梯，对面污迹斑斑的木门"吱呀"一声开了，走出一个穿深红色棉睡衣，腰系蓝围裙的精瘦妇女来，手里夹着双长长的竹筷子。一看见他们眉眼就弯了起来。周午马说，这是我妈。杨双福赶紧叫了声阿姨。

　　阿姨眉开眼笑，说，快让小杨进屋。上前一把拉住杨双福的手，说，哎呀，这手冷得像块冰。小午快把电暖炉打开，让小杨烤烤。

　　周午马把手里的东西放在桌上，然后把沙发边的电暖炉踩燃，红通通的火光照出一个橙红的扇面来。阿姨将杨双福按在这片扇面里。说，瞧你，还买什么东西，瞎花钱，以后不允许了。

　　杨双福说，应该的，应该的。

　　阿姨对一旁摁电视遥控的周午马说，小午，你好好陪小杨，我去买点蒸肉粉。

　　阿姨走了后，杨双福感到一些轻松。一旁的周午马并没有表现出许多的热情来，他的手臂枕着头，半身不遂似的卧在沙发上，盯着体育频道的滑雪比赛。在插绿箭口香糖广告的时候，周午马说，你自己随意啊。

　　杨双福便站起来，在不宽敞的屋子里走动，四下打量。屋子是一室一厅的格局，家具与陈设都很老旧，一套组合柜刷的是闪光漆，九十年代流行过，不少地方漆掉了露出木胎，像得了牛皮癣。组合柜上面钉了两枚钢钉，一枚挂着一杆老式木秤，秤头的黑铁钩像只极大的问号，一枚挂着秤砣，那秤砣有鸭梨般大小，形状好似宝塔，上面斑斑点点，像是出了天花一样，粗粗的麻绳吊着，挂在墙上如一个惊叹号。这"问号"和"惊叹号"令杨双福觉得这面墙这房子都充满了哲思。对面是卧室，但卧室是关着的，从门里往外散着浓浓的药丸味儿。

　　靠大门的是厨房，逼仄如鸟窝。案板是水泥砌的，贴的白瓷砖，用的是坛子气，单炉打火灶上面一口黑铁锅，应该刚煮过东西，半锅水还冒着热气。边上有个推拉门隔断，杨双福推开看，是卫生间。卫生间小如雀卵，便池上积得陈年尿垢。她忽然起了一阵尿意，便合上了梭拉门。脱了裤子刚蹲下，便听见墙那边传来咳嗽声，打机关枪似的。杨双福推断墙那边应是卧室，咳嗽的人可能是周午马的父亲。他父亲病了？房子不隔

23

音，解手时只有提住一口气，不敢弄得咚咚响。她到底还是不敢放肆。

一泡尿的工夫，周午马已经在沙发上睡着了。杨双福便从墙上的衣帽钩上取了一件衣服盖在他身上，并把电暖炉换了个方向。周母推门进来，手里端着一只碗，满脸笑嘻嘻地说，小杨，别管他，来，尝尝我炖的猪蹄藕汤。杨双福双手接过，喝了一口，抿了一下，说，好喝。又说，真好喝。周母说，你说好喝，那我就放心了。然后用脚踢了踢周午马，说，别装睡了，赶紧起来摆桌子端菜。

阿姨，我来吧。

你别动。周母将她按在沙发上。

周午马嘴里嘀咕了声"烦人"但还是爬起来了，把靠电视机旁的一个铁架子拿到屋中间撑开，从组合柜后面滚出一个小圆桌面，搁在铁架上。杨双福人生地不熟帮不上忙，就睁着两眼看他们母子俩忙活。周母麻利，不一会儿便从炉上的蒸锅里端出了五六盘菜，梅菜扣肉、粉蒸牛肉、红烧武昌鱼、蒸茼蒿、炖蛋和一盘卤猪耳，一大钵猪蹄藕汤放中间，一瓶雪碧立在旁边，桌子一下子就热闹了。

从关着的卧室门里又泄露出了几声咳嗽。她察觉周午马皱了一下眉头，周母的神色也黯淡下来。

是叔叔吗？杨双福问。

24

是。周母招呼杨双福坐下，说，肺癌，去年下半年就查出来了。给杨双福倒了饮料后，周母盛了一碗汤进了卧室，不一会儿就出来了。说，吃，吃吧。

但席间的气氛突然沉重起来，好像都不知道该说什么，屋子里一片压着心事的咀嚼声。阿姨的茶饭不错，梅菜扣肉好吃，杨双福的一碗饭眼见得快吃完了，但不知道该去哪儿添饭，便喝了一大口雪碧，草草结束中餐。

小杨，你们干脆结婚吧。

这话前不着村后不着店，杨双福一愣，一口冰凉的雪碧呛进了气管里，止不住地咳嗽起来。

你今天有些不清白吧，瞎说些什么撒。周午马很是气愤，斥责完母亲后，他狠狠瞪了杨双福一眼，一脸轻蔑厌恶的神情。

杨双福忍着喉咙的火辣，停止了咳嗽。虽然他家的条件没有她想象的那么好，但是周母的热情令她有种别样的安全感，在这个屋里她没感觉到城市的拘束，周父又病重，使得她对这个家充满了同情，况且，周午马的样貌没得挑。她竟发现自己是个好色的。她当然希望跟周午马结婚。这个念头从她第一次跟他做爱的时候就有，一直盘桓在心头。她本以为她跟他要走到一起，得横跨很多条鸿沟，征服许多个山头，没想到，才迈了一脚，就已登封到顶，这太意外太意外了。

阿姨，午马他好像不大乐意。

别理他，还能翻天不成。吃家里喝家里几十年，养得人高马大的，臭屁不懂事，你不嫌弃他，那是他前世修来的。他跟我们说起你的时候不多，但我知道你是好人家的女儿，今天一见，果然不错。我们这家的家庭，没什么家底，也不想去攀个高枝，只想找个老实本分的姑娘进门来，踏踏实实过日子。

离了饭桌，周母把她请到了沙发上，自己也跟着坐到了她身边。周午马出去了，在门外走廊上抽烟。这楼矮，兜不住光，太阳一扫而过，屋子便暗了下来，也添了一些寒意。

周母拉起杨双福的手，说，我看今天你就别回去了，在这儿过夜，明儿，明儿一早你就去跟他到民政局领证。说着，周母的头扭向大门，嚷了起来，我看这狗日的敢说个不字。

周午马确实没有说不字，但他头也不回地走了。杨双福看了周母一眼，很是尴尬。周母拍了拍杨双福的手说，别理他，我的儿子我了解，虽然脾气大，但也算孝顺，父母的意思他不敢不听的。

卧房又传来剧烈的咳嗽声，像是要咳出血来的样子。周母扔下杨双福忧心忡忡进房里去了。杨双福跟在后面。

一张黑红色的木质双人床占去房间大半地儿，一只镶嵌穿衣镜的立柜蹲在角落里，两张条桌靠墙摆着，上面搁着棉被和一些衣服。顶上拉了根铁丝，挂着一些冬衣，为避免落灰，衣架上都挂上了报纸。铁丝另一边挂了一些腊肉腊鱼和香肠。床与条桌挤出一条盲肠般的过道，过道上放着小便壶，还放了一个装着炉灰的瓷盆，周父咳出的痰和血就裹在炉灰里。房间里各种味儿汹涌彭拜，让人的心情瞬间变得潮湿沉重。

周母轻拍着周父的后背。周父说，水。杨双福赶紧提过开水瓶，倒在搪瓷缸里。按照周母的指令，杨双福将床头柜上的药包递到周父的手里。

骷髅样的周父看了杨双福一眼，点了点头，连声说了一串好。

周母朝杨双福笑了笑。杨双福也只得笑了笑。

六

快到吃晚饭了周午马还没回来，给他发了几条信息也没动静。杨双福便觉得很没意思。城市亮起了灯火，天空一片黑暗。她很难在这冰冷的沙发上坐下去了，她打算告辞，但周母高低不让她走。她领她来到走廊的尽头，那里用砖砌了一个小屋子，跟她们老家搭在外面的茅房一样。她以为周母在里面养了狗或者猫，特地带她来看看解闷的。周母把门推开，将灯拉燃，她才顿然明白这不是茅房也不是狗窝，而是周午马的房。一张一米二的木床刚好与门框平齐，床头朝里，一张小小的四方凳充当床头柜。显然还是精心收拾过的，墙面整个新糊了白纸，凳子上铺了带流苏的韩式桌布，还放了一盆廉价的假花，床上的铺盖想必是洗干净晒过的，散发着阳光和洗衣粉的香味。

其实她从进屋就一直在想，周午马睡哪里。就一间卧室，也没独立的阳台，外面一条长长的走廊是楼上四家共用的。周母还留她过夜，是要将她糊在墙上吗？

猫腰从房间里出来，杨双福忽然感到鼻子里一阵辛辣，对周午马好心疼。她替周午马感到委屈。

晚饭时听到敲门声，杨双福顺手把门打开，走进来三个人，每人手里都提着东西。杨双福以为是周家的亲戚，热情地迎了进来，忙不迭地端茶倒水。这些"亲戚"对杨双福很是警惕。周母坐在饭桌边纹丝不动，说，小杨别管，来吃饭，菜都凉了。

来的人把东西都放在茶几上，不过是些汤圆酥糖港饼之类的便宜礼盒。打头的中年男人满脸堆笑，问，嫂子，这是您家请来照顾大哥的保姆？

莫瞎说，这是我的儿媳妇。

儿媳妇？从天上掉下来的儿媳妇？哈哈，嫂子您可真会开玩笑。

我跟你们开什么玩笑？一就是一，二就是二，儿媳妇就是儿媳妇。明天我们就把结婚证拿给你们看。

三个人很有板眼地交换了一下眼色。中年男子的脸上随即堆起笑来，说，周大哥一向可好？

还没等周母答话，卧房就传来了周父的声音，说，托肖主任的福，我一时半会还死不了。

大哥，您多保重身子，少操些心，会好起来的。我们这就走啦。

不送了，你们一路走好。周父在房里很大声地说。

肖主任尴尬地笑了笑，便起身，朝周母点头的时候，又朝杨双福打量了几眼。杨双福也并不躲闪，一副女主人的样子。

为了应节气，周母收拾完碗筷又去把炉子捅开，要烧水给杨双福做米酒汤圆吃，硬是被杨双福拦下了。周母有些过意不去，便将电视摁开，把电暖炉开到最强档，说，那你就烤火看电视吧。自己从组合柜里拿了一只纸箱子过来，从纸箱子里掏出一个塑料盒子放茶几上，又拿出一摞布出来。周母说，我做做活儿陪陪你。

周母的活儿是贴水钻。塑料盒子里一格一格放着大小不一的水钻和胶条，胶条加热后，固定在布上，以模具压出各种花朵或动物的形状，水钻也铺在相同的模具里，待胶烫融到合适的状态下，然后将模具用力地按压上去，一个水钻猫或是水钻玫瑰就做好了。

做这个已经十多年了，从下岗后就开始做，这里拿货出货都方便，按件计算，一个月能赚个两千多块，买油买盐不愁了。

周母一边做一边跟杨双福说话。

杨双福细细欣赏周母的手艺，周母说什么她就听什么，从周母的话里她知道老两口以前都是针织厂的工人，九八年夫妻双双下岗，周父便在汉正街做起了扁担工，周母在大街上摆缝纫机给人吊扁缝衣改衣，后来才做起贴水钻的活儿。

慢慢熬吧。周母从一堆水钻和布头中抬起头来，对杨双福说，一代总是强过一代的。等这个房子拆了，搬进了新房，日子就会变好的。

这里怎么个拆法？杨双福问。

先说是按面积补，这里房子的面积都不大，我们家总共也就三十来个平方，他们最多补六十个平方，还建在古田，你知道那个鬼地方，千好万好也不能跟汉正街比，我们当然不干。闹了几次，上面答应，特事特办，违反政策给我们按人头补面积，一个人头补三十平米，其实闹一闹，无非是想多得点利益，谁都知道胳膊是拧不过大腿的，政府要这块地，那是说要就要的，我们老百姓也只能见好就收。这楼里的住户其实都搬得差不多了，也就剩七八户了，底下的门面也是一天比一天少，按照规划，都是要搬去汉口北的，那里要打造第二个汉正街，都是穷折腾。

杨双福便知道，她一进这个家，就为这个家争取了三十平米，这个家就可得一百二十平米。一百二十平米，确实是大房子。这样的结局，是值得憧憬的。眼面前的这点艰难算什么。武汉人终归是武汉人，骆驼瘦死了也比马大。

卧室里不时传来咳嗽声。周母似乎已经习惯了，只有两次周父咳得喘不过气来时，周母才起身去看了看。杨双福隐隐地替沉疴中的周父感到些人世的悲凉。她今天给周父拿药时瞥见床头柜有一瓶吗啡，那是止痛的，癌症病人开始服用吗啡，说明治疗已经穷途末路了。但周父不能死，活着就意味着三十平米。

近十点的时候，周午马才回来，一身酒气。没进屋，摇摇晃晃径直去了自己的"狗窝"。周母拍了拍杨双福的腿，说，快去睡觉，快去睡觉。

那天晚上她就这么睡在了周家，睡在了周午马的旁边。喝多了的周午马打嗝放屁流涎吐口水，要喝冷水又要喝热水，折腾了半个晚上。杨双福起来好几趟，后来索性穿好衣服坐在床头等他酒醒。磨着牙齿的周午马翻身起来冷不丁将指头伸进喉咙，"哇"一下吐了一地。杨双福捏着鼻子出去，在煤炉边夹了几个死煤球进来，踩碎在上面，又忍着臭气，将那堆污秽撮走，房间没窗户，只得开了门透气。

陡然睁开眼的周午马看见杨双福惊了一下，问，你怎么在这里？似乎想起了什么，然后一双手便在杨双福身上忙活起来。杨双福反复推开了几次，周午马也不罢休。他把自己的二弟亮给杨双福看，肿得像根棍子。杨双福欠着身子待要关门，周午

31

马却一把扯下她的内裤从后面进入了。杨双福弓着身子手扶着门框，任周午马打夯似的在身体里撞击着。月亮升起来了，照出了他们的影子，她觉得她跟他就像两只狗。

七

次日里，周母早早就叫他们起床，给他们煮了汤圆做过早。吃的时候就一直催促着他们去民政局领结婚证。周午马说，你烦不烦人，大清早的，像只乌鸦。

周母在扇煤炉，一把破蒲扇拍在周午马的背上，说，你只给老子懂点事，白长苕大个，现在你老头躺下了，你也该为这个家挑挑担子了。

挑挑挑。周午马将半碗含着煤灰的汤圆往桌上一掷，在走廊上点了一支烟。周母从房里出来，将户口本递给他。又问杨双福，你的户口本？

杨双福说，哦，我的户口还在学校，到学校户籍处开个证明就行了。

哦，那你们身份证别忘记带了。

两人各自跟自己的单位请了半天假。在杨双福的印象中，周午马做销售，工作并不怎么稳定，一年换几个公司，没攒到几个钱，倒攒下一堆狐朋狗友，隔三岔五聚在一起喝大酒。从前没觉得有什么，但想到马上他要成为她的丈夫，是她过日子的合伙人，便开始为他的前途隐隐担忧，可又不知道该怎么说。

很顺利，不到两个小时，他们便从民政局领出了小红本。周午马说，你满意了？杨双福说，满意什么？你要实在不愿意结这个婚，也没人拿刀架你脖子上。

行了，再说这也没多大意思了。你上班去吧。

杨双福悻悻地走了。但好心情没有受到影响，她想跟家里打个电话，把这个消息告诉给爹妈，她爹妈早知道她在武汉谈了个男朋友，还看过周午马的相片，他们对周午马相当满意。睡觉睡到半夜，她妈也会翻身坐起推醒女儿，叫她赶紧定下来。如果她告诉父母她已经跟他领证了，他们一定会乐掉大牙。但她还是决定不打电话，等他们搬进新房确定办酒的时候再告诉也不迟，省得现在告诉了，父母一时兴起要来见亲家，看见亲家这样的环境，自己父母不放心，婆家也没面子。她很在意婆家的体面，婆家的体面才是自己的体面。

路过糖果店，她称了两斤太妃糖。她想让同事们来分享她的喜悦，她的爱情总算是修成正果了。从某种意义上来说，她成功了。

从汉口这里去光谷上班交通不太方便，得走半个小时才能到地铁二号线的江汉路站。坐地铁上班每天的成本增加了两块钱，但转念一想，结婚了，房子就可以不租了，每个月可以省下七百的租钱，早餐跟晚餐也可以省下来。杨双福在心里默默盘着账，对未来的日子有了些底气。

满面春风走进公司，给每人的桌上抓了一大把糖。同事们很快就围了上来。杨双福从包里拿出结婚证晃了晃，一把就被同事们夺了过去，集体"哇塞"一下，打开一看，又"哇塞"一下。一男同事说，哎哟妈，闪瞎我的眼睛了。

气氛一下热烈起来，同事们连声恭贺。都问姐夫家住武汉哪儿？杨双福说汉口汉正街那块，晴川桥一下去就是。

哎呀，那可是武汉的裤裆，要命的所在，寸土寸金啊。

汉江边，那块的房价两万一平米，杨姐你可大发了。

哪里哪里。杨双福眯着一双笑眼谦虚着。

请客请客。

改天吧，一定请。婆婆刚发了条短信，叫晚上一定回家吃。杨双福说着，还摇了摇手机。

哇。又是一阵尖叫，感叹她竟然遇上这么好的武汉婆婆。她一直温和地笑着，不想给人小人得意的嘴脸。但她从一些心高气傲的女同事脸上看出了一些别的东西，总的来说是妒忌。此刻她需要妒忌，这比恭喜更令她感到快意。

晚上回到周家，周母的饭菜已经摆上了桌。六菜一汤，有鱼有鸡，丰盛得很。周母说，快去把包放下，小午也快回来了，我们一家人好好吃顿饭。杨双福应了一声，到走廊尽头推开小房的门，电灯拉燃，心头顿时一暖，床上用品换成了大红色的四件套，被子中间窝着两只身体僵硬的鸳鸯。虽然棉质粗陋，却也难为了周母的一片心思。这个家穷一点算什么，杨双福觉得，只要人好心齐，便没有过不去的坎。她对这个家生出一种深厚的阶级感情。

出来时，刚好周午马也回来了，两人一齐进到客厅。赫然看见饭桌旁坐着骨瘦如柴的周父，他裹着一件泛黄的军大衣，戴着一顶灰色的线帽，眼窝深陷，颧骨高耸，坐在椅子上，摇摇欲坠。

周父朝他们抬了抬手，示意他们坐下。

周母给杨双福添了一碗饭，说，吃，饿了吧。

杨双福慌忙站起，说，阿姨，我自己来吧。

周母看着她，说，嗯？

杨双福顿时红了脸，笑了笑，响亮地叫了声妈。

哎。周母敞亮地答应。

杨双福又朝周父喊了声爸。

嗯，好，好，好。周父含着笑点了点头。

周母从衣兜里拿出一个红包递给杨双福。杨双福赶忙推脱。周母说，拿着，这是改口费，是老古礼。杨双福也知道这个礼，便收下了。

周父吃了两个鱼丸便开始咳嗽，咳得上气不接下气，胸脯剧烈地起伏，眼珠子也有点往上瞪。周母也慌了神，手忙脚乱地在柜子上找药。杨双福赶紧过去扶住周父，一只手轻抚他的后背。周午马忙着倒水。

有敲门声，但都没空去开门。门还是被推开了，昨天来过的肖主任一行又来了。进门瞧着周父这症候，他们顿时收起笑容，如受惊的土拨鼠一般你望望我我望望你。肖主任一副江湖老辣的做派，走到周父身边看了看，对后面一位穿红色羽绒服的男子说，快拨打120，周大哥这情况很危险。

周父喘气挣扎着，要命的咳嗽像是从脏腑里生了根，堵在了喉头，令他无法呼吸，鹭鸶般伸长着脖子，他还是腾出一只手对肖主任摇摆起来，张开的五个指头带着愤怒。周母从柜里找出一个氧气瓶，将氧气嘴对着周父的鼻孔，过了一会儿，周父才渐渐稳定下来，惨白的脸上稍稍有了些红色。

肖主任自己找了个塑料凳坐了下来，说，周哥，您这情况还是要上医院，不要舍不得花钱，这人可受大罪了。

周父说，你看看这个家，哪里是舍不得花钱，是根本没钱花。

周母说，去年住院的钱找厂里去报，报到现在，连个屁都没报出来。

周父说，莫跟他们扯远了，你们三番五次来这里，我也知道你们的意思，无非是想看我究竟还能活几天，你们就想着把我熬死，好少算房子面积，我告诉你，我就算油尽灯枯了，我也要跟你们耗。周父抬起头，瞪大着眼睛咬牙切齿看着对面的肖主任，说，你，你们，都是他妈的狗娘养的。

肖主任点头哈腰，赔着笑脸，说，您说哪里话，您莫激动，莫激动，我们不是那个意思。

周父显然更激动了。他长长吸了口氧气，说，我不是个苕，老百姓不是苕。

当然不是了，您跟嫂子都精明着呢，哈哈。

周父没有理会肖主任的话，继续说着，我这辈子信奉个不争不斗不出头，以前在厂里，响应什么以厂为家，为集体效力，我们两口子忙得顾不上孩子，后来下岗，我们还是没说什么，国家困难嘛，如今几十年过去了，我也像是睡醒了，我的不争不斗让我的领导同事都得了好，唯一害苦了我的老婆儿子，这么个寒窑我们一住几十年，你们去看看外面走廊的红砖房，那是人住的房子吗？可我儿子从四岁就住在里面，一直住到二十六岁。现在我儿媳妇也要住在那里面。在你们眼里，我们平头百姓就是一条狗。

肖主任僵硬着脸继续向周父笑着，向屋里所有人笑着。

我这一生什么都不争，拼我最后一口气，就争这三十平米。周父用巴掌拍着桌子。

您莫误会，我们不是跟您耗时间，我们也一直在办理这个事情，你莫急，再等等，拆迁赔偿协议马上就下来了。您这一家三口。

是一家四口。周母冷冷地说。她朝杨双福努了努嘴，杨双福便出门到房里拿了结婚证。周母将证打开递给肖主任，说，是一家四口，总共是一百二十平米。

好好好，一家四口，一百二十平米。肖主任很客气地笑着。杨双福替他那腮帮子感到发酸。您家莫急，再给我们一点时间，我们尽快啊。

周父拿起桌上一只碗砸向门边，有气无力说了一句滚。众人一下愣住了。周父又说，滚！

肖主任一行训练有素，依然满脸笑容，起身告辞，还说改日再来看周大哥。

周父捂着胸口幽幽地说，你们这些杂种，好话说尽，坏事做绝。你们真正是婊子养的。

八

晚上躺在床上，杨双福久久不能安睡。又不好翻身，怕打扰了周午马，她只能干瞪着两眼。这房间关了门熄了灯，便如矿洞一般黑。墙缝里传来周父的咳嗽声。她在想，周父还能撑多久？

周午马没有打鼾，这说明周午马并没有睡着。他跟她一样僵在被窝里。枕头下还压着结婚证，是光明正大的夫妻了，今夜正经的洞房，他们却尸体一样躺在床上，一动不动。

我妈给了你多少钱？终于周午马说话了。

两千。杨双福答。

就两千？不止吧。她没跟你谈谈条件？周午马问她。

谈什么条件？杨双福反问他。

没什么，睡吧。周午马翻过身去，说，明天把这床单被套换了，一股化纤味。

哦，好。杨双福嘴里应着，心里却在琢磨他刚说的条件。她有点云里雾里。半夜里掀被起床去解手，拉开灯，她发现自己的白秋衣上一块一块的红色，被套掉色。她没想到新婚的床品竟廉价到这个地步，又想起周午马刚才那番话，她有了些浅浅的不安。

虽然周母待她还是那么热情，见到她就笑意盈盈的，但从昨晚掉色的床品她内心知道周母从骨子里是轻视她的。她一定知道她免费甚至贴钱贴米被她儿子睡了一年半。她第一次来她家，她就安排她跟周午马睡一个屋。她要他们结婚，她十分配合地就跟他领了证。这个满脸堆笑的女人谙熟她的身体和心理。

她没有费吹灰之力就搞定了她。她活该被瞧不起。但转念她又觉得周母不会是那样一个人，她家只有这样的环境和条件，很多事情她一定是心有余而力不足的。

在周家生活了大半个月，日子过得似乎还行，一日三餐，洗洗涮涮都是周母的事儿，她只需在一旁合把手。但很多时候，周母都会提点她，带着她领悟她的意图与心思，她清楚这是一种潜在的驯化，说好听点是磨合。她眼明心亮，很快学会了生煤炉、红烧肉菜和烫水钻。她在乡里都没学过生炉子，在城里学会了生煤炉，想想，她自己也觉得好笑。

大楼越来越冷清了，楼下开张的门面也多是三天打鱼两天晒网，许多店铺的卷闸门今天落下了，就任由铁锁生锈。地上的烂布头和过早后的纸碗也无人再收拾，这里一堆那里一堆，天气越来越热，苍蝇结成团伙，成天嗡嗡嗡，像个垃圾场。

以前周母拿货出货都在这栋楼里，现在不行了，得穿过几条街去汉正街东边的白马商城拿货。这一行都是做熟客生意的，找新活儿，价钱会比以前低很多，每次出货回来，周母的脸上都一股丧气。杨双福知道她又被宰了。周母的货拿得一次比一次多，像是在赌气，杨双福每次下班后都要陪着周母贴钻贴到深夜。杨双福可怜婆婆，两鬓斑白浑身精瘦的老人却要负担这么个破家。养出个儿子似乎也不怎么争气，成天见不着人。她不曾见他拿出钱来贴补家用，有次她提醒过他，却被他吼了一顿，他叫她少管他的闲事。她拗不住他，只是过意不去，自己拿了三百块钱交给周母，说是她跟周午马的伙食费，推脱了几次，周母收下了。

周母拿货出货一般都选在周日，这一天杨双福不用上班，一去一个多小时，有她在家，周母很放心。周母一走，家里就弥散出冷火黢烟的味儿。空荡荡的大楼，冷寂寂的屋子。特别是听到周父像是要咳死过去的咳嗽声时，她的心里就七上八下，头皮一阵阵发麻。她总觉得这屋里到处都躲着无常，到处都是牛头马面。

周父又在咳嗽，听这动静八成是咳出血来了，她的心里泛起阴影。太阳刚好躲进云层里，她感到周身一冷。周父还在咳，她有点进退两难，房里忽然传来碗盏被打碎的声音。杨双福只得进房去看看，一进去便闻到一股恶臭，屎尿盆翻了。周父半卧在床上喘气，一脸的愧色，她瞥见他的裤子还没有提上去，有半截生疮的屁股露在外面，床沿上还糊了些黑色的大便。

她朝周父笑了笑，说，没事的爸，我收拾一下。

她忍着潮涌般的恶心将屎尿盆端进卫生间倒了，将地面拖了三四遍，洒了沐浴露又拖了两遍。屋子里腥臭味被掩盖了，然后将窗户推开透透气。

外面出太阳了吧？周父虚弱地问。

嗯，出了。杨双福回答。

41

我想晒晒太阳。周父瞥见杨双福为难的面色，又指了指条桌旁的一把轮椅，说，我坐轮椅，你推我出去就行。周父大口呼吸了两下，又说，不会有事的。

杨双福便从角落里把红蓝格子轮椅推到了床边。周父裹着棉被坐在上面，杨双福像推座山一样将周父推出来。下午两点，太阳正风骚，走廊里暖和得连空气都懒得流动了。沐浴在阳光中的周父像一枝风干了的竹竿，面色如泥，双眼深陷，眉毛脱落，鼻孔显得格外大，双唇薄如刀锋，带铁青色，这种被病痛异化的面相让杨双福又害怕又心疼。她给他倒了一杯水。

周父随身还带了个小碟机，两个按键帽掉了，绑了坨红色塑料纸，碟机也便一副寒酸的样子。放的是样板戏，李铁梅正美滋滋地数她家的表叔。周父好像兴致不错，望着对面橙红色的晴川桥跟杨双福说起了他当年在汉正街做扁担工的事情。那个时候他浑身都是劲，能吃能喝能睡，一餐一碟子油泼辣椒和一瓶二锅头，那日子真是顺意。他捡过一个温州老板的皮包，里面有十多万现金，他站在原地等失主到夜里九点多，总算把东西给了人家，人家拿出两万块钱来感谢他，他没要。杨双福问他后悔不。周父摆摆手说，不是自己的财，就不往自己怀里揣，揣了就会惹出祸来的。

周父语气虚弱，但是没有停止说话，他的精神头很好，与往日大不相同。他甚至还想喝点酒。杨双福说不可以。他笑了笑，说，我只是说说而已。他指着走廊尽头的红砖屋说，这还是我当年亲手砌的，小午当年睡这屋才这么大，现在比我还高半个头了。他比画着。他忽然说，小杨啊，爸爸对不起你们啊，没给你们创造好的环境。

杨双福说，您别这么说，只要人对，就是好环境。

周父说，不管怎么样，这一次我一定要争取这三十平米，爸爸是享受不到新房子了，但是爸爸希望你们能幸福。小午脾气不好，你要多担待些，爸爸知道你是个好孩子。

碟机里，李铁梅的唱段已经结束了，换成了杨春霞，她正高亢地唱着"工友和农友，一条革命路上走，不灭豺狼誓不休，不灭豺狼誓不休"。太阳有点偏西了，有寒意入侵。杨双福忽然意识到不对劲，周父太反常了。她以前听人说过，将死的人如果突然好转多是凶兆，乃回光返照。一只肥硕的老鼠从屋里串了出来，沿着墙根一溜烟跑了。有风吹来，在煤炉边绕成一个旋涡。整个楼，整条街，整个汉口像是死了一样，悄无声息。

杨双福感到恐惧。她给周午马发了几条短信，要他赶紧回家。但周午马没理她。她给周母打电话，周母的手机落在了沙发上。时间与空气突然变得狭窄起来。

她说，爸，我们进去吧，现在有点冷了。

再坐会儿。我想再多看看这汉江和晴川桥。

楼梯里总算响起了脚步声，是周母回来了。杨双福赶紧迎

43

了上去。周母说，咦，今天怎么突然想要晒太阳了？杨双福说，嗯，今天太阳还不错。

她说，老头子，进去吧，着凉了越发受罪。她拍了拍他身上的被子，又拍了拍他的脸。周母似乎察觉到不对劲的地方，她伸出手在他眼前晃了晃，然后颤抖的手指伸向了他的鼻子下。周母悲哀地叫了声，老头子，又叫了声，老头子啊。

杨双福也叫了声爸。

周母的眼眶里瞬间就涌出了泪水，她伸手将周父的眼睛抹了下来。她对杨双福说，不要跟人说你爸死了。

杨双福听话地点点头。

给小午打电话，叫他回来，不要说他爸去世了，免得他在外面瞎嚷嚷。

杨双福依然点头。

她们将周父推进房里，杨双福打来热水，周母给周父擦洗了身子，趁着身体的温度，周母给周父迅速换了身新衣服，是早就准备好的寿衣，一套烟灰色的唐装式样的棉袄。周母又从组合柜里拿了一叠黄表纸和香蜡，在床前一并烧了。然后周母坐在床沿，痴呆一样。

妈。杨双福叫。

你先出去吧。周母说。我陪陪他爸爸。

杨双福便不好再说什么，退出来，并将房门轻轻带上。在走廊给周午马打电话，打到第五遍的时候周午马才接，他说，你又有什么事？我发现你自打进我家门后，你事儿特别多，你真把自己个当女主人了是吧，管教我，你下辈子吧。

家里有事，你快回来吧。杨双福几乎在哀求。

周午马把电话挂了。

九

天很快黑了。周母在房里一直没有出来，杨双福去推了门，发现门已经反锁了。她担心地叫了几声妈，周母应了声，叫不用管她。杨双福想着周母肚子应该饿了，便把走廊的煤炉捅开了，切点腊肉煮了点豆丝。

周母象征性地吃了一点，便又进屋了。她瞥见周母的双眼又红又肿，一看就是被泪水浸泡了很长时间。杨双福的心里一时也压抑悲伤起来。

夜里她一个人贴钻贴到十一点钟，有点困了，她想跟周母说一声，刚要敲门，周母出来了。她叫了声妈。周母摇摇晃晃地走到沙发跟前，问，他还没回来？

没有。

你去睡吧，我今天睡沙发上。

妈，人死不能复生，您要节哀，还是早点给爸办事，让他入土为安吧。

道理我都懂。老头子争这三十平米，活活熬了半年，眼下吹糠见米了，人没了，这半年遭的罪不是白受了？

杨双福咬住嘴唇，没再说话。

周母说，你去睡吧。

夜里不知道几点，周午马一身酒气地上了床，在杨双福身上东摸摸西摸摸，杨双福被他搅醒了，她有点气，将他的手重重地摔下，但那手又固执地爬上来，用力地揉搓她的乳房。她再次将他的手重重地摔下。他的固执与力度不仅没让她感受到爱意，反而感受到了屈辱，他没有把她当作老婆，只是当作工具。更何况，这个夜晚应该庄重一些，不应该有性爱和快感。周午马揉搓着她也揉搓着自己，并试图扒下她的内裤，她誓死护住。他们在被窝里扭打起来。最后周午马狠狠蹬了杨双福一脚，翻身睡去。

周午马的鼾声响起时，杨双福的眼角突然淌下泪来。她感到委屈，她选择这个男人不知道是对还是错，跟他在一起生活，没有想象中那么美好。以前还有憧憬，还有希望，如今只有一堵黑墙，她眼里的光芒黯淡了下来，连肤色都晦暗了许多。公司的同事都说怎么结个婚把自己结苍老了。她只能笑笑，说成了家，操心的事情多了。

忽然周午马翻身坐起来，大口喘气。她把灯拉燃，看见他手捂胸口，满头是汗。她问他怎么了？他像一只受惊的雀儿，他说，我做了个梦，梦见我爸坐在晴川桥上跟我招手，我说老头儿危险，叫他下来，他不下来。我就准备爬上去把他拉下来，刚伸手，他一扑通跳汉江里去了。在水里伸出个头来跟我说，我走了。然后一个猛子一扎，不见了。

杨双福心里咯噔了一下。周午马一把抓住杨双福的胳膊，问，我爸是不是走了？

杨双福点点头。

你个婊子养的，你给老子打那么多电话，你不晓得告诉我一声，你个臭婊子养的。周午马愤怒地踢了她一脚，然后掀被起床，疯了似的跑去拍客厅的门，杨双福追在身后，叫他小声些。

门开了，周母站在门口，压着嗓子厉声说，你瞎嚷个什么？周午马没理会，径直走向里屋，推开门，床上的周父被一条旧布单盖住了。他揭开布单，看到了周父苍白如纸瘦骨嶙峋的尸体，僵硬的，冰冷的，眼睛紧闭，嘴巴紧闭，双手交叉在胸口，安详的，了无牵挂的样子。

爸。周午马叫了一声。

爸。周午马又叫了一声。

爸。周午马再次叫了一声。然后一下子跪在地上匍匐在床沿上痛哭起来。

周母在旁边也一个劲地抹眼泪。杨双福的眼底也是一片潮湿。周母撩起衣衫擦了擦眼睛，说，行了，动静闹大了，让别人听出风声来。

周午马说，你不会就让爸这么躺着吧。

周母说，那你说怎么办？明天大办丧事，把你爸大大方方抬到扁担山去？那三十平米我们不要了？你整天在外面胡吃海喝，养你养得五大三粗的，你为家里担起半分担子没有？你连你爸最后一程你都没有送到，养老要送终，你就是个不孝子。周母说着动怒了，她拿起手边上一根撑衣杆劈头就向周午马打来。周午马也不躲闪。杨双福上前去拦，却活活挨了几杆子。在她老家有句话，磨不转打驴，媳妇不孝打儿。她不知道婆婆这是在打儿子还是在打她。

周午马突然问，我今天早上出门爸还好好的，怎么说没就没了？

周母没有作声。

杨双福说，今天下午，爸说他想晒太阳，我就把爸推到走廊上晒太阳，爸晒太阳的时候精神头很好，还说了很多话，说着说着人就……杨双福没有再说下去了，她感觉到她四周有种仇恨和怨气在向她逼近。她兀自心虚起来。

你这个臭娘子养的多事，谁叫你推他出去晒太阳的，你不知道他是个什么状况吗？他这么个身体哪里还经得起折腾。周午马马上前一把扯住杨双福的衣领，说，你给老子滚！

行了！周母说话了。你们别闹了，都去睡吧，别让人察觉到什么。这楼里又不止我们一家，这个节骨眼上，每个人的眼睛都跟鹞子似的，生怕你多得半点好，多占半点便宜。

杨双福先回了房，她没想到，周午马会把他父亲的死归罪到自己的头上，这是她无法接受的，她对他的混账感到心寒，她第一次对周午马产生出了恨意。

<h1 style="text-align:center">十</h1>

第二天，他们吃完早餐准备出门时，拆迁办的肖主任就来了。照例是隔老远就打着响亮的哈哈，老远就热情地叫着嫂子。他进屋取下帽子，将油亮的额头抹了抹，说，嫂子，周哥还好吧？我是特地给你们送好消息来的，咱们这片按人头补面积的拆迁政策就要落实了，区里昨天专门就此事开了会，估计最快十五个工作日内，你们就可以签合同啦。哈哈。

哦，肖主任费心了。周母冲着肖主任笑了笑。一夜之间，周母憔悴了许多，鬓角的灰发也变成白的了，整张脸仔细看还留有悲伤的痕迹。

肖主任摆摆手说，没啥，没啥，多年的老街坊了，帮着跑个腿，说个话应该的，哈哈，应该的。肖主任说，周哥呢，我来看看他，下次来啊，我请个社区的医生来给他做下护理，像周哥这种倒床的病人啊，做下护理对身体还是有些好处的。

周母说，老周他昨夜吸了半天氧，今早上吃了片吗啡，才睡下了。

肖主任说，哦，睡下了？睡下了那我就不打扰了。哈哈，我就问问，那我走了，嫂子。

哎，您好走。

周午马拿了包在屋里踱来踱去，他抽了一支烟，问蹲坐在沙发旁贴水钻的周母，老头儿就这样在床上一直躺下去？

不然怎么办呢？好在快要签合同了，合同一签，我们就可以给你爸办丧事了。现在抬出去，半分钱的好也没捞到。

现在清明都过了，一天比一天热，到时候臭了，那就"掉的大"。

那你是什么意思？周母抬起头来，望着人高马大的儿子。

少住三十平米又怎么样呢？这事瞒下去，一是对不住老头子，二是如果穿帮了，还不知道是个什么下场。

能有个什么下场，你爸熬这么久不就是为了熬这三十平米吗？你爸这死是自然死亡，是寿终正寝，又不是我们谋杀他，国家哪条明文规定，家里死了人就非得立刻挖坑掩埋，我把老头子多留些日子难道触犯法律了？周母拿了根木条在贴了水钻的布面上敲打起来，她的眼睛虽然还有些红肿，但神情却很坚定，像块磐石一样。周母说，这个事你们就不要管了，你们只管好自己的嘴。

杨双福突然发现周母嘴角两旁的法令纹比往日更显形，像是重新凿了一遍，这两条深刻的法令纹似乎连周母的面相都改变了，那一瞬她觉得周母的脏腑里长着匕首和刀剑。

公司拖欠了员工两个月的工资，恰好上周一笔大额的培训费到账，财务决定把工资结了。中午的时候，同事们缠着让她请客，说她早说过要请吃饭的，不能说话不算话。这是同事们的美意，想闹一闹她。她笑着说，好，今天晚上吃我的。

同事们"哦"的一声，制造出一大片欢腾。晚上一下班她就被同事们拥着出了写字楼，平时，大伙请客都是傣妹、简朴寨、人民公社，把肚脐眼撑翻也不过两三百，但今天他们商议的地点是街道口群光上面的日本料理，这一顿不知道要烧多少钱。杨双福惴惴不安地跟着他们上了的士，还有两辆的士在后面跟着。

到了地点，上了桌，七八个人围着大理石的料理台，看着生蚝、花蛤、扇贝、鱿鱼、基围虾、螺肉、牛排躺在中间的一块大铁板上，白衣白帽白手套的料理师将手里的铲子翻动几下，便滋滋冒出一片油来。香！真香。众人都兴奋着，筷子夹着，嘴巴嚼着，手里还捏着黄澄澄的啤酒。他们与杨双福干杯。杨姐是了不起的，从农村来，无钱无貌无后台，到如今有房有家有存款，从杨三无到杨三有，我们可是看着杨姐一步步走过来的，她没有被谁潜规则过吧，人家全是靠自己，所以，杨姐，你是我们屌丝的光明，是我们的榜样。来，祝福杨姐。祝杨姐早点被她老公搞大肚子。哈哈。

杨双福也高兴了，她敞开了心性也敞开了钱包，今朝有酒今朝醉吧。吃，牛排、猪排、鳕鱼、多宝鱼都来一份。酒足饭饱，杨双福晕着脑袋去前台结账，服务员堆着笑，说，您的消费一共是一千九百八十八。杨双福的心里如刀绞了一下，但她还是爽快地数出了两千。服务员找了钱又送了一个水晶玻璃杯给她。她拿着这物证，顿时生出一种罪过，花了这么多的冤枉钱。

她坐着的士回汉口，夜风像只温暖的手抚摸着她，热闹过后的孤独，像块冷猪油存在心里，她有种被抛弃的感觉。

居住的大楼一股子烂布头裹着柴油的味儿。这栋楼里做生意的几乎都搬空了，就剩一两个门面还在这死撑，夜里从半落下的卷闸门里透出惨白的灯光来，像荧荧鬼火。楼道里黑黢黢的。杨双福从包里掏出手电筒。想着屋子里躺着已经去世的周父，她的心里还是有些害怕，她相信世间有鬼，而且就在她的身后，她的旁边，在电筒光照不到的黑暗里。

她的后背涌出一身冷汗，越往上越害怕。她不知道周父会不会像他儿子一样混账，把自己的死怪在她的头上。她一路吓唬着自己爬到了顶楼。客厅里没灯，想必周母已经睡了。

她径直走到走廊头，钥匙还未拿出，门开了，周母披头散发站在门后。她吓了一跳。

周母说，怎么了？怎么这么晚才回来，不在家吃晚饭，也不打个电话说一声，害我多煮了两杯米。

哦，公司临时加班。她说。

从今天晚上，我跟你睡这个屋，让小午睡沙发，他毕竟是男子汉，火气旺些。周母说，我跟小午商量了，他也答应了。

哦。杨双福心里一炸，她不乐意这样的安排，但是她也只能应允。她跟她儿子商量了，他们压根就没考虑过她。

僵硬地躺在床上，杨双福久久不能合眼，她心里鼓起一大个包。她翻了个身，露出半截脖子。周母起来将被子与她压了压，说，把被子盖好，别感冒了。

她忽然又感觉到一些暖意，心里的气也消了，还闪过一些些愧疚。她从小就是这样的脾性，恨一个人总恨不长久。

十一

连着出了几天的太阳，快有入夏的感觉了。大街上许多人都穿上短裤凉鞋了。周五吃晚饭的时候，杨双福在客厅里隐隐闻到一股异味，她抽了抽鼻子，是一股变质的肉臭味儿。她叫周午马也闻闻。周午马也抽了抽鼻子，然后走到组合柜前抽鼻子，站在卧房门口又抽了抽，似乎弄准了散发异味的方位。他的眉头皱了皱，朝他嚼咸菜疙瘩的妈狠狠瞪了一眼。他说，你成天在这屋里待着，你难道没闻到？

他妈喝了一口稀饭，说，没闻到。

信你的邪。周午马说。

屋里杆子上挂的腊肉腊鱼，有味也正常。他妈说。

我是说正经的，得想想办法。周午马说。

那等会吃了饭，你帮着搭把手，把你老头儿摊到地上，地上总归比床上要好些。我明天再去弄点石灰，一个是杀菌，另一个可以干燥环境。再拖过一个礼拜就好了。周母也显出了一些底气不足来，想必她也一定闻出了异味。别说是一个人，就是一只老鼠一条鱼死了搁上这么多天也会有味的。

收拾了碗筷，周母将房门打开，异味更大了。杨双福佯装看煤炉，远远地躲到了走廊上，这味儿令她很是恶心，也令她心慌。

杨双福听到屋子里有低低的争吵。说话的是周母，她说，你莫怪我，要是那天他不出去晒那鬼太阳，说不定还能多熬几天呢，鬼使起的。

他们锁上房门出来的时候，杨双福看见周午马对她板起了一张脸，好像与她有深仇大恨似的。周母还是对她笑了笑，但这笑却让杨双福反胃。她内心里对周母的亲近感已经没有了，她跟她只不过维持着表面上的和气。演戏一样，演给周午马看，演给街坊邻居看，也演给自己看。

楼梯口上来一个人，是楼下阿婆，手里端着一个搪瓷缸子。杨双福赶紧招呼，说，阿婆，您好。

好，你妈呢？

在屋里呢。

周母出来了，接过阿婆手里的东西，递给杨双福，说，拿厨房去，再带把椅子出来让阿婆坐。杨双福一看是一碗米酒，清甜的香。

阿婆说，我们家那老头突然想要吃糯米酒，说外面卖的都是掺了水的，寡淡没味，要我亲自做，这几天气温高，我这一钵子曲子酒长毛长得漂亮，今天窝好了，煮了一尝，味道还行。这东西也不常做，做一次，楼上楼下分一点，是个意思。特别是周师傅，病了那么久，吃点米酒正好补虚。

周母说，让您家费心了。

阿婆头往屋里探了探，说，周师傅是不是不在啊？

杨双福瞥见周母惊了一下，脸色一咯噔，说，阿婆您说么子？

阿婆说，我是问周师傅是不是不在家，去医院了还是去哪了，个把星期都没听见他的咳嗽了。

周母很是警觉，苦笑了一下，说，您家不知道，他哪里还有劲咳嗽，每天喘得厉害，也就是在挨日子啦。

哎，造孽。按人头补面积迟迟不落实，周师傅可是熬苦了。

哎，是啊。周母忽然扭头对一旁的杨双福说，你怎么没把阿婆的碗腾出来？

杨双福哦了一声，赶紧将那个搪瓷碗洗干净了拿出来，阿婆接过碗有些不情愿地道了别。周母说，阿婆，您家慢走啊，小心楼梯。

周母对杨双福说，这老婆子鬼心眼真是多，我今天亲眼看见她在路边买了一大碗米酒，端上来说是她自己做的。她就是想来打探事情。

杨双福嘴角笑了笑，她不想与她多说话。她进了房，躺在床上翻看手机书。微信响了，扒开一看，是周午马的，他问她要一千块钱，说发了工资还她。她说，没钱。他说，晚上出去玩一下，屋里憋人。她说，好。

他们在江汉路王府井百货地下美食楼吃了一大盘花蛤和潮汕海鲜粥再加两根烤鸭脖，在电玩城一人玩了盘杀西瓜，然后在附近的旅馆开了个房，钱都是杨双福给的。周午马好像还有那么一点点愧疚似的，在杨双福身上倒是肯下力，上上下下，前前后后，把自个弄得汗淋淋的，弄得杨双福最后实在绷不住，叫了。两人瘫在床上。半晌，周午马点了根烟说你别忘记吃药。她满足的欢心一下就被扫荡了，她跟他已经结婚了，做这个事还要吃药吗？交往一年多，每次事后她都会买紧急避孕药吃，吃了好像也没什么，但有两次非经期她的下面莫名其妙流出血来，她才知道，这东西是有害的，于是好几次她都没有吃，起先提心吊胆的，后来也没怀孕，她有种隐忧，她怀疑自己是不是已经失去生育的能力了，她不敢多想，不能生育的女人注定是一场悲剧。自从大红的结婚证压在了枕头下后，她便希望自己能怀上，可是三个月了，她的大姨妈都如约而至。现在他居然还让她吃药，在他心里她连生育的工具都算不上，她只是他的性工具。

操你妈。她在心里狠狠地骂他。

十二

第二天两人坐地铁过江在户部巷吃了糊汤粉回家，家里已是炸开了锅。走廊上人挤人，杨双福跟周午马拨开人群往屋里走，屋里也是人，周父的尸体已经被人抬出来了，搁在沙发旁，周母盘坐在周父尸体旁哭天抢地。拆迁办姓肖的站在周母的前面，掰着手指头似乎在跟周母讲道理。一边还有几台摄像机在录像，看上面的 logo，是电视台的，还有几个拿着本子、笔和录音笔在记录。

周午马上前扒开姓肖的，说，这是怎么回事？你们这是干什么？

肖回头一看，立刻满脸堆笑，说，小周啊，今天一大早呢，我带了社区医生和媒体记者一同过来看望你爸爸，一来呢是给你爸爸检查下身体，二呢让媒体记者宣传宣传你爸爸，这半年来你爸爸一直与病魔做斗争，这种坚强乐观的求生态度也是一股正能量啊是不是。哪知道一来后是这样子的，对于你爸爸的事情，将心比心，我们也很不好受。但是人已经死了，还是要早点入土为安啊。你瞧瞧，你爸爸的身体都开始腐烂了，这很不好啊。

屋里被人群染黑了，连警察都来了。杨双福知道，这是拆迁办做的局，什么保健医生什么抗癌精神，都是扯淡的。他们一定是知道周父早已死了才故意闹出这样的动静。

一个化了粗眉红唇的女的牵着话筒线来到周母身旁，她问，请问死者去世后在屋里放了多少天？

周母坐在地上，两眼放空，嘴唇紧闭，鼻翼下两条法令纹像雕刻一般坚硬，呆板没有生气，像一条风干的咸鱼。

所有的记者都围拢过来，将周母与一旁包裹着的周父团团围住。

女记者继续在问：

为什么死者去世后您不及时发丧，而要停留这么久呢？以致尸身腐坏，散发异味？

听说这栋楼要拆迁，按照区里的政策是按人头补新居面积，一人补三十平米，秘不发丧是不是想多得补偿面积呢？

您与死者多年的夫妻情分，在您心中难道抵不过区区三十平米吗？为了三十平米，您忍心让您的丈夫死后都不能入土为安吗？

周母忽然"哇哇"大哭起来，她两脚不断蹬搓，双手捶胸，她的眼睛睁得跟电灯泡一样，盯着发问的女记者。周午马拨开人群进去将周母扶了起来，揽在怀里，他将这些记者一个个往后推，说，你们想干什么？跑到我家里来耍威风是吧，记者就了不起吗？欺负一个穷酸老百姓算什么本事？你妈有种，你怎么不去欺负那些披人皮干狗事的贪官们，怎么不去查查那些一肚子屎肠子的大款们，查查他们赚的钱是不是干净的，跑一无产阶级家里穷抖能耐，高唱道德赞歌，显得多他妈有正义感，多有道理，我呸你个脑壳进了水的。

那群记者们一个个脸色铁青，咬着牙齿，举着话筒的那位女记者脸上的妆都气黑了。说，你们不尊重死者，你们还有理了，不要扯穷人富人，现场只有死人与活人，你挺能说的，那你说说为什么不让死者入土为安？让其尸体腐坏，变质发臭，你有道理你说，你有困难你说，你家如果有这样的丧葬传统也可以说，你说！你说！

周午马鼓着嘴巴连喉结也鼓了出来，他连鼻孔眼里都冒着怒气，他说，你滚，你们滚，滚，我见你们心里烦。

女记者轻蔑地笑了笑，依然将话筒毫不客气地伸到周母面前。周午马气得浑身发抖，他将两个指头捅到女记者的面前，说，你个婊子养的，你要再对我老娘说一个字，老子今天跟你拼了。

你干什么？警察闪了进来，吼了周午马一嗓子，并把周午马的胳膊往后一扭，周午马的上半身也跟着弯了下去，他挣了挣，挣不脱，疼得直叫唤。

屋子里一片寂静，周母鼻涕虫一样瘫坐到了地上。因为人多，空气不流通，沤出一股酸坛子味来，尸肉的腐烂味也裹挟在里面。杨双福感觉要晕倒了。她走了过来，她知道周家这是到了绝路上，她就算对他们再不满，周午马再畜生，此刻她必须要跟他们站到一起，他们是一家人，一家人的关系应该是铜墙铁壁的关系。

她主动走到女记者的话筒前，周围的记者也都拥了过来，团团围住她。杨双福说，死了的这位大爷以前是针织厂的一位工人，九八年下岗后一直在汉正街做扁担工，他曾经捡到过一个十多万现金的皮包，但是他归还给了失主，他从来不要不属于自己的东西。在这个阳台走廊的尽头有一个红砖砌的屋子，石棉瓦搭的斜坡顶，没有窗户，如果你不进去，不开门，你会以为里面住的是一条狗，或是一只猫，你永远不会想到里面住的是人。如果你是在这样的环境里长大，或许此刻你就不会这么咄咄逼人了。你涂着口红，染着指甲油，踩着高跟鞋，与拆迁办的官员手挽手肩并肩，却口口声声说要为老百姓说话，你不觉得可笑吗？你们愚弄我们多少年了？

女记者浑身颤抖，恶狠狠地收拾起话筒线，咬着牙对杨双福说，你不可理喻，你们太不可理喻。为了多占国家三十平米，竟连人伦道德也不要了，不要跟我谈贫富差距，不要扯上层与底层，退后三十年还讲个人穷志不穷，如今穷人底层人竟可以大大方方的不要脸了。

杨双福气急，她说，你以为我们是要争这三十平米吗，我们争的是我们作为人的尊严！！

周午马跳了起来，骂道，你才不要脸，臭婊子，千人捅万人日的臭婊子，滚。身后的两位警察慌了，他们在他反扭的胳膊上再次使劲，周午马叫了一声，拼命反抗。他用腿踢蹬警察，左边的警察一脚踹在他的膝盖窝里，周午马跪下了，他站起来，又被踹跪下了。右边警察说，老实点，否则告你袭警。他们把他的脑袋摁在地上，周午马的嘴里发出杀猪般的嚎叫。

人群再次安静下来，他们看着肖主任看着记者看着警察，眼神里流露出愕然与哀戚来，他们感觉到了某种过分，但畏惧使他们不敢言语。楼下阿婆说，小午，乖一点，好汉莫吃眼前亏。不要跟他们斗。

嘴巴对着地板的周午马还在嚎叫，挣扎。踩在他的背上的脚又往下压了压。周午马的眼睛里流下了泪水。

杨双福愤怒了。她像一头烦躁的牛牯冲上前去，她用爆发的力量撞开了警察，把一位警察撞倒在了地上。人群里发出哄笑。警察惹恼了，爬起来后，将别在腰里的警棍举了起来，人群纷纷往后躲。都在劝说周家，莫闹了，把周爹爹赶紧安葬了，三十平米不要了，人命要紧。

从盘古开天，哪有胳膊拧过大腿的事儿。

在警棍的威胁下，杨双福与周午马退到了墙角。周午马的手在组合柜上摸索着，他在一个盒子里摸到了一把剪刀，然后他看到了墙上挂着的秤砣，他丢下剪刀，翻身冲过去将秤砣抓在了手上。杨双福曾掂过秤砣的重量，大概有十二三斤重，褐色的铁砣，已经很少用它了，周家一般拿它当锤子用，周午马曾拿它砸过核桃，只一下，像脑袋一样的核桃就粉碎了。

周午马拿着秤砣胡乱挥舞着。警察摆着了勇斗歹徒的架势，弓着身子，高举着警棍吼道，放下，把秤砣放下，再不放下，我就开枪了。

警察说着，手伸向腰包，掰开扣子，真的取下了一把黑色的手枪。人群里有人发出了尖叫，有的拥挤着退出了门外。记者们也都傻眼了，但很快情绪就高涨起来，他们兴奋地等待事件的进展。

警察用枪对着周午马说，放下，听见没有，放下。

周午马将秤砣死死捏在手里，愤怒与恐惧令他浑身涨出力量，他的双眼像烧红的炭，他不停地喘着粗气，他肌肉紧绷，汗毛炸开，他与警察较量着。

周午马咬着牙，晃动着秤砣说，姓肖的，你给老子听着，老子今天要是死了，做鬼也不会放过你。姓肖的吓得一跳，说，这关我什么事，我是一番好意。周午马对着警察说，还有你们，又对那个女记者说，还有你这个婊子养的。女记者双腿一抖，只翻了一下白眼，没有作声。周午马说，来啊，来啊，来打死我啊，我老头死了，我没埋，我犯了罪了，我不要脸多占国家三十平米，我犯了罪了，我骂了记者婊子养的，我犯了罪了，我被警察打了，我踢了警察两脚，我犯了罪了，来啊，来枪毙我。周午马说着冲了上来，脑袋直往枪口上顶。杨双福在后面拉着他，他一把甩开了杨双福的手。

拿枪的警察一脸惨白，他的手直哆嗦，但是他没有往后退却，他跟周午马一样年轻，也跟周午马一样血气方刚，他的战友拽着他把他往后扯，但是他没动。他颤抖地说，别逼我，都是人生父母养的。

呸，我是人生父母养的，你们都是狗娘养的。

你！那位警察似乎彻底被惹怒了，他举起警棍，锤子一样落在周午马的头部，周午马"轰"一下倒在了地上，连叫都没叫一声，他手里的秤砣滚在地板上，"咕噜"一阵响。杨双福"啊"了一声，她瞬间感到一阵晕眩，她觉得这屋子在摇晃，人群在摇晃，自己也在摇晃。

瘫坐在周父尸体旁的周母动了一下，她朝天花板凄厉地叫了一声，她爬过去趴在儿子的身体上，大声喊着，杀人啦，杀人啦，警察杀人啦，警察杀死我儿子啦。天啦，警察杀人啦。周母捡起地上的一把剪刀，说，我不活了，我今天跟你们拼了。

放下，放下，听见没有！年轻的警察再次吼道。但周母还是冲了过来，"轰"一下，周母也倒在了地上。警察慌神了，他的脸色惨白，不断地吞咽口水，硕大的喉结像一枚反复拨动的算盘珠，他丢开警棍，像是被烫了似的。他对着另一位警察也对着人群说，我，我不是故意的。我，是他们逼我的，是他们逼我的。

在晕眩与摇晃中，杨双福支撑着自己的身体，她捡起了周午马身边的秤砣。在周午马倒地的一瞬间，她想起了周午马零星的好处，他曾经在她生病的时候给她下过一碗肉丝面，他曾经在她生日的时候送过她一条纯羊毛的围巾，在江滩看国庆焰火她崴了脚后他也背过她，他还在金器店给她买过一枚两点多克的黄金戒指，因为太细，只能戴在小指上。一夜夫妻百日恩，她跟他是多少夜的夫妻了。现在她的丈夫被人打倒在了地上动弹不得，死活不知。她是他的妻子，她理所当然要为他报仇。她把全身所有的劲都往右边胳膊赶，她捏着秤砣，咬着牙骨，跨过周午马的身体，跨过周母的身体，然后像中学体育课上扔铅球一样，她把秤砣扔了出去，秤砣径直飞向警察的脑袋，"崩"的一声响，警察向前晃了晃，又向后晃了晃，然后倒在了地上。

血、血、血呀。女记者尖声叫了起来。

杨双福自己也尖声叫了起来，她捂住自己的耳朵，又捂住自己的眼睛，她背过身去，又转过身来。她看到血从警察的后脑勺汩汩流出，像泉眼，流到了周午马那里，流到了周母那里，流到了周父那里。一屋子血腥味，咸咸的。杨双福忽然感觉到冷，浑身颤抖，眼前的一切都变得模糊，所有的声音都隔了万重山。她的胃里一阵翻江倒海，她"哇"的一声呕吐起来，然后她便什么都不知道了。

十三

她不知道是什么时候醒来的。她做梦，梦见自己躺在海滩上，海浪一波一波地涌向她，后来她感知到了海浪的恶意，好像每朵浪花都带着刀子一样，打得她浑身疼。她叫了一下，便醒了，睁开眼她看见四面白墙，刚开始以为是医院的病房，又不像，哪有病房没窗户的，而且一个病房也不可能只住着她一个人，睡得好像也不是病床，她摸了摸，是睡在一张木板上，浑身湿漉漉的，不是汗，是水。

醒了？

有人在问她。她循声看去，看到了三四个警察和一排铁质的栅栏，有一个警察端着一盆水，正准备泼她。她才明白这是在派出所。

他们要她交代袭警的经过和原因。她脑子一片空白，她想了很久才想起之前发生的事情。她头疼欲裂。

我老公呢？他怎么样了？还有我婆婆我公公？

你公公已经由街道送去殡仪馆冷冻，你丈夫跟你婆婆在一医，都没什么大碍。

那，那位警察呢？

呵，你终于想起问那位警察了。

他怎么样了？死了吗？是不是死了？我是不是要抵命？

审问的警察顿了顿，说，目前还在抢救，抢救过来了是你的造化，这样量刑就会轻一些。

我不是有意的，我与他无冤无仇，我没想到要害人，我从生下来，我就没害过一个人，这次是他们逼的；兔子逼急了还咬人呢，我是良民，一直安分守己。杨双福拼命地开脱自己。

栅栏外的警察毫不理会她的辩解，他们问她的姓名、年龄、籍贯与民族，问她的直系亲属与社会关系。她一一交代。她来自鄂西南的农村，靠勤奋与努力考上了武汉的大学，三代种田，祖传的贫穷，她们家没有人练过法轮功，也不信邪教，更没有加入任何恐怖组织，家族里没出过叛徒也没出过土匪，她的背后没有团伙。她只是一个穷打工的，贪色，认识了汉正街的帅哥周午马，赶上了拆迁，为了夫家多分三十平米，闪婚。她半辈子的梦想就是在一间稍微宽敞点的房子里，跟自己喜欢的人过日子，生个娃，把他养大，然后寿终正寝，从来没想过要把自己过到派出所的审讯室里，更没想过会把自己过到牢里去。

她被限制人身自由，整天关在审讯室里，四盏白炽灯二十四小时照着她，她像是跌进了石灰池，浑身烧人。她每天都询问那位警察的消息，她期盼他快点脱离生命危险，尽早好起来，不要死，她还年轻，她不想为他抵命。五天后审讯她的警察隔着栅栏告诉她，那位警察被抢救过来了，但是因为颅内大量出血，视觉神经受损，双目已失明。

瞎了？怎么会这样？怎么会这样？那我是不是要坐牢？我不要坐牢，我还有父母要赡养，我不是故意的。杨双福哆嗦起来，我的婆婆和我的老公呢？他们怎么样了？他们知道我被关在这里吗？

67

他们已经出院了，刑事拘留二十四小时内通知家属这是程序，我想他们知道你在这里。

那他们有没有来这里要求探望我？杨双福双目炯炯望着警察。

警察咬了咬嘴巴但还是摇了摇头。

哦。她麻木地回应了一声，心里一团漆黑。

审讯的警察还说，那位警察的家属现在天天蹲在派出所里讨说法，要求严惩凶手。警察的爹手里拿着柚子般大的秤砣，各种赔偿都不依，说只要把手里的秤砣原样砸在凶手的脑袋上。

杨双福一怔，继而捂着脸，蹲在墙角，肩膀一耸一耸的。

过了两日，一位警察通知三天后她将被提请诉讼，他们已经通知她的家属为她请一名辩护律师。过了三天，她戴着手铐被两名女警察押着上了一辆警车。隔着车窗看着马路两边被太阳照着的商铺、广玉兰和行人，她不禁流下眼泪，眼泪一流便再也止不住了，索性号啕大哭起来。押解她的一名女警官"哼"了一声，说，现在后悔了吧，晚了。然后女警木偶一样地看着她。

下了警车，忽然从四面拥来许多人将她围住，有人高喊，照她眼睛打，打瞎她的双眼。她本能地弯下身子，戴着手铐的双手高高举起护着自己的头。两名女警喊着，不许打人，不许打人。她的身上还是挨了许多拳脚，直到几名武警赶到，这群人才一哄而散瞬间不知去向。

庭审没多久便宣判了，她被定性为故意伤人罪。她的辩护律师沟通了受伤警察的主治医生，颅内出血导致的双目失明是短暂的，以现代的医学水平，只要治疗及时，眼睛在半年内就可恢复。这个有利因素使律师为她争取到了最轻的处罚，她被判处一年有期徒刑，赔偿被伤警察五万元医药费和二十万精神损失费。

在庭上她看见了周午马和他的妈妈，他们穿得像是走亲戚来了，周午马竟然还穿了一件衬衣，挺括的，只差领子上打一个蝴蝶结了，他们虽然面带愁容，但杨双福感觉他们并没有真心地感到难受。他们看这场庭审的神情就像在看一场事不关己的热闹。在宣判后，她请求跟她的丈夫周午马单独见面。

庭上同意了她的请求，两名女警察捉着她的胳膊在走廊上与周午马见了面。

杨双福看着周午马，热泪长流，周午马摸了一把脸，把头转了一边，很快就转了过来，他冷着驴一样的长脸说，你太不理智了，你就不该把秤砣扔出去。这下好了，要赔人二十多万，二十多万啊，天啦，我们家哪有这么多钱？

她一直都不后悔自己扔出去的那个秤砣，她不害怕为了周午马坐牢，但是此刻她后悔得要命，她恨不得剁掉自己的右手。她为了他们家的尊严为了他的二两骨头，她扔了那只秤砣，如今她要为此蹲一年的监狱，坐牢啊，一辈子的污点，她的人生都要毁了，他却还在跟她算账。还天啦地呀，二十多万。

呵呵。呵呵。杨双福止住泪，忽然笑了起来。真是可笑，太可笑了。这是她从前想着要托付终生的人。呵呵，太可笑了。她看着他，脑海里全是他趴在她身上劳作的样子。他腋下轻微的狐臭，浓重的体毛，圆鼓鼓的肚脐，磨旧了的性器和高潮来到时狰狞的面孔。她仿佛闻到了热汗与精液交织的气味，她忽然觉得他如此丑陋，如此的面目不堪。

她看着他说，你鸡巴真恶心。

周午马说，什么？

她一字一顿，缓慢而又清晰地说，你、鸡、巴、真、恶、心。

周午马气急败坏，他的脸一下子涨得通红。他不知道该怎么回敬她。他恼怒得双脚跳，像屁眼里着了火似的。他大声地骂她婊子养的，骚货，贱货，丑货。

她哈哈大笑起来。

十四

收监后不久，狱警就给她递来一个快递，她在监视下打开，里面是一份离婚协议。周午马协议离婚的理由是两人性格不合，女方有暴力倾向，由于两人结婚时间不长，没有共同购房购车，也没有孩子，故不存在财产分割，但夫妻一场，周家愿意给女方四万块离婚费，从此再无任何瓜葛，女方所犯的刑事案件及由此产生的经济赔偿由女方一人承担。

杨双福当着狱警一字一字地念着寄来的离婚协议，像小学课堂上朗诵课文一样。那些字像小刀一样剜着杨双福的内脏，她的胸口一阵一阵的疼，疼得她难以呼吸。什么一夜夫妻百日恩，全他妈是狗屁。但是她还是在离婚协议上签了杨双福三个字，每一笔每一画，她都用了力。

她知道汉江边的那栋楼房在她受审讯的时候就已经爆破了，拆迁补偿也到了位，周午马在古田有了一套一百二十平米的还建房。她为他们家争得的那三十平米，他们按一千多块钱折算给她。她清楚古田那地方即使再偏僻，房价也是近六千一平米。她的躯体里长满牙齿，恨不得立刻咬住周午马，活吃了他。那个秤砣她砸错了人。

一连二十多天，杨双福的心里恨恨的，就算离婚也不能便宜了他们，做不成夫妻就做仇人，她甚至想着出狱后第一件事就是杀了周午马，反正她已经坐了一次牢，不怕再坐一次，吃了一个多月的牢饭，她对坐牢已经没有那么恐惧了。每每想起那张离婚协议，她的拳头便会不自觉地握紧，她希望日子快点过，她好早日去教训那个王八蛋。她很想看到他倒在她面前的那副惨样，她想象在他的新房子里，她砸他们的家具家电，她表现出的凶狠一定会让他们瑟瑟发抖，他们一定会向她求饶，他们的所作所为是对不起她的，他们算计了她，辜负了她，玩弄了她。然后她会在冷笑中一刀刺进周午马的心脏，她要让他为她彻底痛一次。每次这样的想象都令她十分解气。

她知道自己恨人不长久，为了阻止因时间长了对周午马的恨意减轻，杨双福每天早上起床后都会在心里默念三遍杀了周午马、杀了周午马、杀了周午马。然后逼迫自己去想周午马混蛋、王八蛋的时刻，他在她面前一直是强势的，说一不二的，他知道她对他的爱和对他的忠诚，他便一直得意扬扬一直高高在上，她知道他从未把她当作真正意义上的女朋友，他把她当作他的奴仆。他明知她深爱他，却如此玩弄她。一位哲人说过，这世间任何东西都可以玩弄，唯一不可玩弄一个人的内心深处。他玩弄了她的内心深处，这不可原谅。她每天都对升起的太阳发誓，她要杀了周午马。

仇恨给了她别样的力量与坚毅，她在狱中更积极地劳动与生活。缝纫时，她会把布匹当成是周午马，她的脚便踩得分外有劲；拔草时，她会把草当成是周午马，每根草她都会连根拔起；扫厕所时，她会把每坨屎当成是周午马，这样她必要冲洗得干干净净。她在狱中获得了许多表扬，比在大学和公司获得的表扬还要多，她觉得自己适应能力好强，一枝黄花一样，哪儿都能生存。

终于刑满释放了。监狱领导看她表现好，特地为她安排了工作，汉口郊区某大型制衣厂做设计员，月工资四千，比她以前做伪白领强多了。她感谢组织，但出狱后她并没有去制衣公司报到，而是径直去了古田。她拨打周午马的电话，听出是她的声音后，周午马冷冷地说，你找我做什么？我跟你还有关系吗？然后他果断挂掉了电话，再打过去，他就一次次挂掉了。他竟如此绝情，好歹他睡了她近两年，就算一个嫖客对一个婊子也不至于如此冰冷。杨双福被激怒了，她一出狱就奔他的地儿来，心里还是有一丝残存的念想的，哪怕他一句寻常的问候也会削弱她对他的恨意，但是他对她如此狠毒。她进了超市买了一把菜刀装进袋子里。她要真正与他一刀两断。这口恶气她憋得太久了。

然后她给学姐兼老乡打了电话，让她打听周午马的新居在哪里，几栋几单元几号房。学姐说，你还找他干吗，他都结婚了，老婆都怀上孩子了，你彻底没戏了。杨双福说，我知道，所以特地去恭贺他。学姐很快给她回了话，告诉了她周午马的地址。

杨双福很快就到了周午马的家门口，她敲了很长时间的门，没动静，屋里没人。她掏出一张公交卡往门锁里捅了几下，门就开了。这活儿是她在狱中跟一位狱友学的，当时只想着好玩，没想到一出狱就派上了用场。她推门进去，闻到一股浓重的甲醛味儿，显然新房装修没多久。客厅的一面墙上挂着周父与周母的照片，看来周母也挂了。看到照片，杨双福又想起居住在周家的许多事情来。想起了周母的粉蒸牛肉和米酒汤圆，想起了周母的贴水钻，周父的咳嗽和去世前在走廊里与她说的那些话，想起了与周午马的吵嘴和做爱，不觉热泪滚滚。

　　杨双福在他家客厅坐了许久，周午马并没有回来，她便往里走，一百二十平米的房子确实宽敞。厨房连着餐厅，餐厅连着阳台。卫生间两旁各是卧室，她推开左边一扇门，一眼就看到床头上挂着的巨幅男女合照。蓝天白云下，银色的沙滩上，女主角一头大波浪的长发，鬓角插着一朵粉色的扶桑花，一件波西米亚风格的长裙直往天上飞，胸大，腰细，她双臂搭在男主角的肩上，手里还握着一双白色高跟鞋。男主角穿着白色的T恤和蓝色的西装短裤，双手环在女主角的腰上，他们像是刚说完一件有趣的私房话，各自都大笑着。她见过许多婚纱照，那笑容假得像是粘上去的，且僵硬如水泥，但是这张的笑容却不是，这是发自内心的笑，是恩爱甜蜜的笑，是你情我愿的笑，是告别灰暗终于迎来光明的笑。他们笑盈盈地站在相框里，多么的郎才女貌。她的心里一时五味杂陈，她也与他照过相，手机自拍过，他在她跟前从不曾有过这样的笑容，她知道，在他心里，她是迫于现实不得已选择的勉强凑合的伴儿，而相框里的才是他一直渴望的爱人，漂亮、性感、风骚。然后她看见了相框下的床，顿时惊住了，她从未看过如此大的床，大约有四五米的样子，占据了大半个房间。这张变态宽的床让杨双福感到猛烈的心酸，这巨大的宽阔是以前憋屈太久了的一种宣泄，是痛诉，是愤慨。她忽然感受到了周午马对以前生活强烈的恨意。

大门处有钥匙扭动的声音。周午马回来了。她听到周午马说，你快在沙发上休息一会，今天在医院折腾了一天了，你累，肚子里的小宝贝也累。你坐着别动，我去给你倒杯水。她便在心里感叹，原来他也懂得心疼女人。

啊！忽然一个女人的声音尖叫起来。

周午马问，怎么了？

女人说，你看你爸妈的供桌前，谁点了三支香？谁进这屋里来了？

客厅里一片安静。

杨双福从卧室里出来，就在刚才，她对他已经没有了恨意，这个男人不怎么喜欢她，却与她交往了两年多，还跟她结成了夫妻，他跟她在一起的生活和性生活他都要忍受郁闷和压抑，这是多么的不容易。更重要的是他狗一样蜷缩在狗房子里近三十年，受了几十年的苦楚，总算要由狗变成人了，娶了理想中的妻子，又孕育出了下一代，而且住上了窗明几净的房子，多么美好的结局，总算苦尽甘来了。她要好好祝福他下辈子的人生。

她打算跟他握手言和，刚走到客厅，就感觉有个黑影在她眼前闪了闪，接着她的脑袋被某种钝器砸中，"嗡"一下，她的眼睛被定住了，无法转动，她看到了周午马手持钢棍万分惊愕的样子，她看到了站在他身后微微隆起肚子的女人。

然后"扑通"一声，她倒在了地板上。

滚滚向前

一

　　好不容易盼到周末，本想好好睡个懒觉，可窝心窝肺的脚气瘙痒令杨依依没有了一丝睡意。自打跟汪云龙睡在一个被窝里，杨依依就染上了脚气。她打开床头灯，拉开抽屉找达克宁。达克宁没找着，却找出一个存折，顺手翻了一下，这一翻不要紧，翻得杨依依火光万丈。折子上居然支取了五千块钱。时间是上个星期四。而最近他们家没有重大开销，没有哪个地方用得着五千块。难道是汪云龙寄回老家了？甭管干什么，应该跟我打个招呼吧，太欺负人了！

　　脚气又开始蠢蠢欲动，杨依依一脚踢向汪云龙，你给我起来，说，这折子上怎么少了五千块钱？

　　汪云龙迷迷糊糊应道，什么五千块？

　　杨依依抠着脚丫子说，你就装吧，难道存折上的钱长了翅膀的？说着，一把掀开了汪云龙的被窝。

汪云龙算是彻底醒了，说，噢，那五千块钱，我借出去了。

借给谁了？

你不认识，一个老乡，他老婆生孩子，急用。

这笔钱你跟我通过气吗？你把我当什么了？这个家，你汪云龙一手遮天了是不是？

我没这个意思，当时因为事情急，没来得及跟你说。

那么事后呢？杨依依咬着汪云龙尾音追问。

事后，因为事情多，忘了。汪云龙也觉得这事有点理亏，但确实是因为事情繁多，忘记跟杨依依解释。但杨依依这副小题大做的态度，令汪云龙很不舒服。看着杨依依这架势，他知道，今天这场争吵是免不了了。出于避让的习惯，汪云龙穿了件衬衣来到客厅。

忘了？多大贵人啊！杨依依赶到客厅，立在电视柜那儿，你赶快把五千块给我弄回来。

人家会还的，瞧你这样，像穷疯了。

一句"穷疯了"像点了火药的引线一样，杨依依就彻底爆炸了。我穷疯了，我不是跟了你这样的男人，我能成这个样子吗？成天一分钱一分钱地计算着过日子，真他妈的恶心。杨依依手指着对面的男人，满面通红，如发高烧一样。她说，汪云龙，你今天要是不把那五千块钱给我弄回来，我让你好看！

汪云龙坐在餐桌旁，脸上青筋如蚯蚓般一条一条拱了出来，他一把甩开杨依依掸在他脸上的两根手指，说，让我好看？你以为我是站在刀尖上被吓大的？我告诉你，那五千块钱我借出去时，就没想着能收回来。

杨依依的火"嗖"一下蹿到了脑门，她咬着牙骂道，姓汪的，你连吃油盐都得挑便宜的，五千块钱你也有脸说借出去就没打算要回来！我他妈就只一个字说你，你贱，贱大发了。

是，我贱，你高贵，可你再高贵也做了我这贱人的妻！汪云龙边起身，边推开挡在他面前的杨依依，走到墙角从衣帽架上取下衣服。那是一件橄榄色的军装，肩上一条杠，杠上闪着三颗星星。臂章上写着内卫。这名武警正连职干事一手拿着军帽一手提着相机包，大步流星走到门口，转头看了身后的杨依依一眼，鼻子里"哼"了一声便拉开门"蹬蹬蹬"下楼了。

每次在她要歇斯底里发作时，他就转身走人，拆她的台。每每这时，杨依依就恨不得变成一把利刀，直冲冲捅向汪云龙的心脏，让他去死！并且心底里也生出强烈的离婚冲动。可汪云龙说，你跟了我，这辈子怕是享受不了休夫的快感了，除非是我看够你了，不想再看你第二眼了，我说要离婚，这婚才有可能离。把杨依依惊得目瞪口呆，上网去查，还真是这么说的。正因为这婚不好离，杨依依就更喜欢把"离婚"两字当口香糖，隔三岔五就放嘴里嚼一下。有那么两次，汪云龙也烦了，说你要是真想离婚，那我成全你，咱们现在就去支队，向组织说清楚，然后解除

81

关系，随你去找有能耐的男人。杨依依说，去就去，谁怕谁，离了婚，我一定傍个大款给你瞧瞧。汪云龙扔下包就拽杨依依出门往支队方向走。那个时候他们还没有自己的房子，为了方便汪云龙上班就在他们支队边上租了个一室一厅。家具什么的都是从部队淘汰下来的，那床一挨着就吱嘎吱嘎的响。

　　汪云龙对这个一室一厅倒是很喜欢，每天回来都拖啊洗的。杨依依却是什么都不管，拖鞋横在过道中央，也不弯腰拣一拣。她说，这个狗窝有什么好收拾的。

　　但那次被汪云龙拽出"狗窝"时，杨依依哭了，哭得很响亮，整个楼梯间都有回声。在距离部队还有两百米的时候，杨依依拉着一棵柳树的枝条死活再不走了。汪云龙说，走啊，不是说离婚吗，过了这个村可就没那个店了。杨依依不说话，就那么大颗大颗地流着眼泪，半晌她说，我从十八岁认识你，那个时候你刚上军校，我等了你四年，二十四岁跟你结婚，现在我二十六了，我这七八年我图了你什么？

　　汪云龙一下子就软了下来，一把抱住杨依依，将她的头狠命地贴在他的胸口上。他说，我怎么会跟你离婚呢，我只是想治治你的脾气，你不知道你那个脾气臭的，恨不得一句话将我骂死，我要真跟你离了，你到哪去找像我这么好的男人？

　　混蛋！杨依依一把推开汪云龙，跟着一脚又轻轻地踹了上来。

　　杨依依的气来得快，消得也快。天大的气，只要汪云龙哄一哄，抱一抱，立马就阴转晴了。

　　其实哪能真离婚呢，他跟她是因为爱情才走到一起的，感情深厚着呢。谈恋爱的那段时间，汪云龙学校管得严，杨依依放假了，坐五个小时的火车去看他，学校又不让汪云龙出来，也不让杨依依进去，两人顶着烈日隔着栅栏说了一个小时的话，随后杨依依就独自带着行李赶火车回去了。汪云龙在杨依依的背后流泪了，他在心里发誓，这辈子要对这个女人好。

二

　　那次离婚事件后不久，汪云龙就带着杨依依到处看楼盘。杨依依说，你发啦？彩票中啦？汪云龙说，你别管，总之不再让你住狗窝了。杨依依说，你哪来这么多钱，现在房价一个劲地涨。汪云龙说，你不要操心，你只告诉我是万科的房子好还是金地的房子好。杨依依想到万科离汪云龙支队近，便说，万科的房子好，躺床上就可以看北湖。汪云龙说，好，咱就要万科的。

　　杨依依倒迷惑起来，她虽说不管钱，但家里是个什么底子她是清楚的。汪云龙出身农村，父母辈就是白手起家，直到汪云龙考上了军校，家里才渐渐把旧账还清。汪云龙的父母长年患病，又舍不得吃药。为了不给儿子添麻烦，两个老人在农闲时都尽力为别人家做些短工，贴补家用。就这样的一个家底，汪云龙居然说买房。杨依依觉得汪云龙是在跟她开玩笑。她都已经打算好跟他租房过一辈子了。

可是没想到，一个星期后，汪云龙居然带着杨依依去万科那儿交了一万元的定金，把杨依依给气着了。出了门，杨依依说，别傻了，把那钱要回来，租的房子我说它狗窝狗窝，也就是说说而已。汪云龙说，定金交都交了，反正我汪云龙说什么也要给你弄个像样的房子。

在陪汪云龙去银行时，杨依依才知道他们有六万元的存款。杨依依不敢相信，看到存折时，她哭了。以前她总嘲笑他小气，像个女人，上超市买削价的东西比老太太们还积极。坐公交车，一块二的就投一枚硬币，两块的就刷卡，就为了省两毛钱。杨依依总打击汪云龙，说他是铁公鸡，是师奶。可是如今看到这卡上的存款，杨依依才知道，这些钱是如何在她的讥讽和埋怨中积少成多，是如何从满含委屈的汪云龙手里抠出来的。

六万的存款加上杨依依家里给的五万，和汪云龙战友凑来的四万，房子的首付落实了。从此，隔三岔五，汪云龙就用自行车驮着杨依依去北湖的建筑工地看他们还在施工的房子。

一年后，他们搬了新家，九十平米的房子装修很简单，灯还是日光灯，厨房里一台单开门的冰箱还是二手的。但是，杨依依很喜欢，觉得这也好，那也好。老实巴交的乡镇教师家庭出身的杨依依，也没过过什么奢华精致的生活，她觉得这个房子窗明几净处处新，推开落地窗户看万家灯火，拉上窗帘，享一室清幽，这已经是很幸福的生活了，杨依依很知足的。

搬新家那天，汪云龙几个要好的战友同学同事都过来了，帮着放鞭炮、搬行李、收拾屋子。晚上吃饭喝酒，闹到凌晨两点钟，人才逐渐散去。

汪云龙人缘儿好，以前租房时，家里就没有断过人，凡是来这个城市办事的同学、战友，都喜欢到汪云龙这里蹭顿饭，说个话。汪云龙特讲义气，为兄弟的事可以两肋插刀。有时杨依依也挺欣赏汪云龙的这点男人气概，可是，不能没有原则吧。借钱那么大的事，他跟她连个招呼都没打。杨依依想着就气不打一处来，真觉得这日子没法过了。她为了这个家节衣缩食，连件好衣裳都舍不得买，他汪云龙倒好，就这么大方地把五千块钱借给了别人，还说什么借出去就没想着要回来了。

呸！你个王八蛋！杨依依最终还是哭出了声。

三

在沙发上坐了小半天后，杨依依起身把自己梳洗了一番。

在杨依依往脸上搽大宝日霜时，她又开始气愤了。她觉得太不值得了，凭什么她就该搽这廉价的东西？哼！我杨依依不能再这么亏待自己了。杨依依拿起电话拨给文雅。要文雅陪她去逛街。文雅爽快地答应了。

杨依依从抽屉里拿出两千块钱装在坤包里，这是她这个月的工资，本来她每月的工资都是全额交给汪云龙，由他统筹一个月的生活安排，但今天她有冲动把这些钱全部花出去。

文雅的爱人高一飞跟汪云龙同在一个支队，都是政治处的干事。今年三月份，汪云龙由副连升成了正连，而高一飞还是个副连，起初高一飞心里很不平衡。但去年高一飞也贷款买了房，就在北湖，万科对面。因为住得近了，这种不平衡感逐渐淡化，两人关系又正常起来。

房子落实后，文雅就从福建辞工过来了。两个女人常来常往的，便熟识起来。

说起来她们经历有些相似，两人都是从异地来到这个城市，人生地不熟，老公就是自己的亲人。在没结婚前，两人在各自的城市里都有很稳定的工作，为了婚姻来到这里，至今也没找到很满意的工作。杨依依好歹还谋了个职位，有个班上上，文雅却一直闲在家里。

在车上杨依依没说话，整整一个上午，汪云龙居然电话没一个，短信没一条。杨依依在心里把汪云龙给生吞活剥千百

86

遍了。

进了商场看衣服，一连看了十几家杨依依也没有看中。本来杨依依是下决心要给自己买件好衣服的，她要以花钱这样的方式来报复汪云龙，打蛇打七寸，对于像汪云龙这样精打细算过日子的人，钱就是他的七寸。可是不知道为什么，当那些衣服穿在身上后，再偷偷看一下价牌，不是八百就是六百的，心里又觉得百般划不来。自从跟汪云龙结婚以后，准确地说，是买了房子后，对于价格她变得异常敏感。以前从不知道讨价还价的她现在在菜场买菜，也能为了一两毛钱跟菜贩子争得唾沫星子横飞。

跟着汪云龙，杨依依深深懂得了，过日子靠的是算计。

文雅看出杨依依的心思，知道她是买不到衣服了，便嚷着去逛鞋子。杨依依也就软软地被文雅拖到了鞋帽区。在红蜻蜓专卖柜那儿，文雅一眼就看上了一双男式鞋，棕色的，打折后两百二。杨依依折了一番，觉得鞋子质量还不差。在服务员给文雅包鞋子的时候，杨依依忽然想到前几天汪云龙说部队里发的制式皮鞋夹脚，疼。现在汪云龙一直逮着那双歪了跟的旧皮鞋穿，汪云龙是个偏脚，那双鞋子的跟快磨到与地一般齐了。该给汪云龙换鞋了。

服务员，这鞋41码的，有黑颜色的没有？杨依依问。

有。服务员回答。

　　给我拿来，我要。

　　出商场门，天都快黑了。杨依依看了看手机，有两个未接
来电，是汪云龙的，杨依依心里略微舒服了些。

　　晚上在文雅家吃饭。杨依依大显厨艺，做了个啤酒板鸭炖
莴苣。高一飞加班晚上不回家。杨依依便叫文雅给章贝打电话，
叫她过来吃饭，一来人多吃饭香香，二来不至于浪费。章贝正
愁没地儿吃饭，说马上就到。

　　章贝的男朋友邓云波跟高一飞、汪云龙是军校同学，毕业
后分在这个城市的另一个支队，也是个副连。章贝是前年春节
在火车站跟邓云波认识的。章贝放假回家，拖着大箱小箱挤在
学生流、民工流返家的大潮里。那时武昌火车站还没有完全竣
工，因为下了雨，进站的一截地板路很滑，章贝不小心，摔了
个硬跟头，立马就有脚板从她身上踩过去。刚好邓云波在那儿
执勤，看见了，箭一般地冲了过来，把那些人流拼命推开，把
地上来不及挣扎的章贝拉了起来。当时章贝都快被人踩晕了，
两眼无助地盯着邓云波。邓云波招了招手，几个战士跑了过来，
在邓云波面前排成一线。邓云波说，带她上火车，给她提箱子。
这时，章贝才反应过来，连连说谢谢。

　　本来这事邓云波没放在心上，可是一个多月后，章贝居然
找到他部队来了。他的姓名和地址是她从那几个给她提箱子的
战士口里挖到的。看到章贝这么诚挚，人也长得漂亮，心底着

实喜欢，加上战友们起哄撮合，邓云波就跟章贝谈起了恋爱。去年章贝大学毕业后，在一家培训中心当老师，跟邓云波在外面租了房子，正式确定了关系。章贝性格开朗，基本能跟杨依依和文雅混到一块儿，也算是一个玩伴吧。

那锅鸭子吃到最后就剩了一块老姜和几只干辣椒卧在汤里。章贝说，依依，就凭你这一手，我敢说，汪连在家里绝对服从你的领导。正说着，杨依依的电话响了，是汪云龙打来的。杨依依将电话递给文雅，说，就说我在你这睡了。文雅接过电话说，杨依依在我这儿睡了，好的。杨依依问，什么事？文雅说，你老公现在还在支队忙，说九点钟过来接你。

九点整，文雅的门铃响了。杨依依迅速往沙发上躺，说，我睡着了啊。章贝跑去给汪云龙开门，说，汪连，依依她睡着了。暗地里给汪云龙使了个眼色，意下里是告诉他，杨依依是装的。杨依依躺在沙发上，两眼紧闭，一动不动。汪云龙摇摇头，弯腰拍了拍依依的脸说，喂，醒醒。杨依依一点反应也没有。章贝跟文雅差点笑出了声，连汪云龙都快忍不住了。汪云龙只得配合她了，双手将她一操，抱在怀里，就出门了。

楼道里昏黄的感应灯照着杨依依的脸，平静的睡容，令杨依依有种婴儿般的质感。尽管汪云龙今天是带着怨气出的门，出门那瞬恨不得将她撕了，可是，当他看到这张脸，怨气就消了。他对她着实恨不起来。这个女人跟着他粗茶淡饭，一箪食、一瓢饮，没有半点怨言。她没有太多娇气，又那么懂道理，心地善良，孝顺他的爹娘，还能给他烧一手好吃的菜。往深里想，他对她是亏欠的，他不能给予他爱的人更多物质上的享受。这样想，汪云龙就把杨依依抱得更紧了。

也不知道是谁丢了块香蕉皮，正好被汪云龙踩上了。脚底一滑，人一下子蹿出几米远，踉跄了几大步，一只腿发软，最终单膝跪在了地上。膝盖骨跟地面摩擦时，发出了"哧"的声响。同时，汪云龙倒吸了一口凉气。杨依依心疼得快要裂开了。从踩到蹿，从踉跄到跪地，汪云龙始终都将杨依依紧紧地抱着，稳稳的，没嗑着，没碰着。她知道，汪云龙是拿她当宝贝一样的在呵护，无论怎样的境地，他都不会丢弃她，他对她的疼爱超越了人在紧急时所应有的本能。

"永远珍惜依依"是结婚的时候，汪云龙向杨依依父母做出的承诺。而婚后，汪云龙对杨依依确实做到了"珍惜"二字。汪云龙在家里只要有点空，他就会扫地拖地、擦家具。杨依依吃完饭，碗一丢，他立马收到厨房就洗了。不管有人在无人在，汪云龙都这样宠着杨依依，不少战友都笑他，说老汪在家除了不会生孩子，啥都会。

伤哪了？让我看看。杨依依从汪云龙怀里起身，伸手就去卷汪云龙的裤腿。

皮肉疼算不了什么，只要心不疼就好。汪云龙说。

杨依依说，我今天才心疼了呢。借那么大一笔钱出去了，给我招呼都不打一声，说了几句，拔腿就走，你是个男人吗？

看，你又来了。我借钱当时情急，一个老乡，宋羽，以前一起进部队的，退伍后一直在这儿打工，前几天他老婆生孩子，难产，急要钱做手术，他在这块地儿半个亲人都没有，人命关天的事，他找到我，你说我能不借吗？你非把这事想得那么坏，不是自己找气受吗？你老公什么样的人，你不清楚吗？

哼！不清楚！杨依依的脾气彻底软了。

四

又是一个周末。因为杨依依只休息周日，汪云龙周六的生活就成了问题。虽然汪云龙家务活样样都会做，但独独不会做饭，连面条都不会下。于是周六，汪云龙就去支队，一来把工作上的琐事捋一捋，二来两餐饭不用操心。

支队七点三十开早饭。家里离支队远倒是不远，但是没有直达的车，得转车。汪云龙一直想买个电动摩托车，但每每攒够了钱说要去买，转念一想又觉得太破费，加上杨依依总嚷嚷说不安全，不安全。这事也就拖淡了。

紧赶慢赶，赶到支队门口，刚好卡上开饭的点，营房里歌声四起，这个队伍唱《团结就是力量》，那个队伍就以更高的分贝唱《爱军习武歌》。吃饭前唱支歌，是部队的老传统。尽管这样的歌唱疲了，听疲了，但汪云龙那帮子人还是承认，只有听到这样的歌，浑身才有劲。

其实汪云龙当兵前考上了一所一类大学，因为家里穷，不想增加父母的负担，才选择到部队来。农村来的孩子思想单纯，也很老实，说新兵不准出营房大门，头一年，汪云龙就当真没出过营房大门。第二年转士官，时间自由了点，但也很少出去逛，怕花钱。那时士官的工资有五百多，他几乎一分不剩的全攒起来了，过春节时，他给家里一次性寄了六千块钱。那张汇款单像颗炸弹一样在他们村子里炸开了，四邻八里的乡亲猛然觉得，汪家的儿子出息啦。

第三年，汪云龙就考取了军校。那一年，汪云龙意气风发，觉得自己就是未来的将军。也是那一年，汪云龙当兵三年第一次回了家，那家回得很有点光宗耀祖的意思。也就是那一年，汪云龙认识了杨依依。春节里，一个考上湖南大学的女同学邀他去爬岳麓山。没想到女同学还带了个伴，说是中文系大一的学妹，叫杨依依，老家湖北荆州的，因为火车票没有订到，没有回家过春节。

三个人一路说说笑笑上了山顶，下来时才觉得腿酸。女同学穿的是平底鞋还好，杨依依穿的是高跟鞋，下台阶时，脚在打战。汪云龙看着揪心就搀扶着杨依依下山。自那以后，他们有了书信来往，一来二去的，字里行间就有了异样的情愫。第二年，汪云龙暑假回老家，第二天专程来到湖南大学，与等他的杨依依一起去了橘子洲头。在江边上，杨依依摔了一跤，汪云龙拉她起来，从此手就没有松开过。

杨依依大学毕业后，回到老家进了电视台做编辑，有了一份既体面又稳定、薪水福利都不错的好工作。只是与汪云龙离得太远了。思念无边无际地漫卷着，给人一种陷进去就拔不出来的感觉。每一次他来，或是她去都有一种飞蛾扑火的不管不顾。每一次的分别，仿佛肌肉与骨头的剥离，血淋淋带着撕裂的痛楚。

定了婚期后，杨依依真的就不管不顾地过来了，年龄越往后，越经不住这样的疼痛。当时所有的人都说杨依依傻，没长后脑勺。在这个城市四处找工作，四处碰壁，好一点的单位不稀罕她，稀罕她的单位她又看不上。待业了三个月，才勉强在江岸区一家广告公司落了脚，做了一名广告文案策划员。

上楼打开办公室，往电脑前一坐，汪云龙就迅速进入了工作状态。这时，程笑推门进来了。程笑以前是下面地市支队的，年前刚调到总队。这两人关系很铁，好到可以穿一条裤子。前几天，汪云龙告诉他，说他们支队来了个二十二岁的正连职女干部，长相端庄，身材苗条。程笑立刻就上心了。一直寻思着要来看看，刚好今天有这么个下支队的机会。他倒也直接，凑上来就问，女干部在不在？汪云龙说，在，就在后面第三个办公室。程笑说，这样跑去看，动静太大了吧。汪云龙说，你去趟厕所，顺便瞟一眼，不就得了。程笑点点头，调侃道，有经验，敢情女干部一来，你厕所就去得勤了吧，回头告诉嫂子去。汪云龙随手抓起一本书砸向程笑，程笑连忙躲闪。

半晌程笑回来了。汪云龙问他，怎么样？程笑说，没看清，不过凭人家二十二岁的正连职参谋，我也得上竿子追啊。汪云龙轻淡地回应了一句，这么快就把冯娟给忘记啦？程笑说，不忘记能怎么办？我和她之间隔着现实的鸿沟啊，她在四川好歹还有个吃不饱饿不死的工作，到这儿来了怎么搞，这里房价比天还高，物价又贵，倘若能像嫂子那样找到工作每顿还能喝上稀的，要是像高一飞他老婆找不到工作，全靠我一人，那连稀的都没得喝。汪云龙说，我看人家高一飞没到饿死的地步嘛？程笑说，人家高一飞多节俭，不抽烟，不喝酒，不打牌。我一个月光抽烟就得千儿八百。汪云龙说，你不抽会死。程笑说，会死。汪云龙说，滚！程笑说，今天下午我还要陪处长去三支队检查呢，真得滚了。

中午，汪云龙给杨依依打了个电话。刚响，杨依依就给接了。然后在电话里嚷嚷，说今天倒霉死了，衣服袖子给划破了好长一道口子，补都无法补，要汪云龙周日陪她去买衣服。汪云龙说，现在哪有闲钱买衣服？杨依依说，你连五千块都舍得借，给我买件衣服你就舍不得了？汪云龙最怕她旧事重提，赶忙说，买买买，给你买还不行吗？我的姑奶奶！

放下电话，汪云龙沉重地摇了摇了头。从抽屉了找出纸和笔，开始算账。算账已经成了汪云龙的一个习惯。一遇到有家庭开支的时候，他就要算账。他的工资是两千五加杨依依的两千，总共是四千五。每个月还房贷两千二，每个月的水电费差不多是一百五，燃气要四十，物业管理费是一百一，杨依依每个月上班的公交费是一百二，生活开支仅吃饭一个月至少要花三百，还不能吃好的，加上周末在家的那几顿，一个月算下来要五百，除去两人每月五十元的手机费，只有一千二百八十元了，还有人情来往，像他们这样的家庭，平均每个月需要三百块的人情费，这个月还要超支，因为抽屉里已经有了四张红色请柬。每个月汪云龙都要雷打不动存五百块钱，用于还同学战友的账。这样一来就只剩三百多块了，人都有个不怕一万就怕万一的时候，比方疾病，不能不防吧，他好歹有个免费的武警医院，杨依依呢，她们单位不给办医保，万一生了病，总不能空着手去看医生吧。这样的账无论汪云龙算得有多细致，无论汪云龙怎样的抠抠俭俭，钱到了月底就只剩几张毛票了。何况一个家庭的开支怎么能像汪云龙那样算得滴水不漏呢？上趟超市，逛几次街，钱就会悄悄地溜出去好多，防不胜防。比方这次谁又能料到给杨依依添置衣服呢？自结了婚，汪云龙才深深懂得钱的重要性，钱是一个家庭的心脏啊，没有钱，家就死了。过了年，汪云龙就二十八了，至今，他都不敢要孩子，老家父母催了好几次，每次都被他硬硬地顶回去了，不是他不想要，是要不起。有时候，在床上，杨依依说，别戴套了，怀上了，就放农村养去，往后拖，我都成高龄产妇了，危险呢！可是，放农村养不代表不花钱，只是成本比城市低。现在光两口子过日子都紧巴巴的，如果添个孩子，拿什么养活？那时，还要面临杨依依的短暂失业。他想都不敢想。

得挣钱啊。他猛然想起，上个月下中队给战士们照的登记相片。大概有五百来张。这个照片如果自己裁剪好了，直接拿到照相馆去冲洗，可以少付六毛钱。每次照了相，汪云龙都自己先在电脑上裁剪好，为的就是赚这六毛钱的差价。五百张的相片，他可以赚三百块钱，至少可以给杨依依买件衣服了。说到底，这样的钱也是份辛苦钱，大凡经济稍微宽裕一点点，汪云龙都不会想到去赚这个钱。近段时间，视力下降好快，眼睛一天到晚发胀，风一吹就流泪。坐在电脑前，打开作图软件，汪云龙有种想哭的冲动。

晚上回家，在楼梯口，汪云龙就闻到了一股炖排骨的香味，直到进了家门才知道这香味是从自家厨房传出来的。杨依依系着围裙，拿着汤瓢正往碗里盛。汪云龙用手夹了块排骨丢进嘴里，又怕烫又要吃，在嘴里那么颠来倒去。汪云龙说，今天怎么想起炖排骨了？杨依依说，再穷，该吃总还是要吃的不是。又说，我今天发钱了，四百块，是单位奖的全勤奖。这真是祸福相倚，我前脚衣服被划破，后脚人事部的周主任就给我送钱来。周主任说我上个月没一天迟到也没一天早退，连半分钟的假也没请过，是真正意义上的全勤。

好歹是家里添财，汪云龙心里也很高兴。说，那买衣服就不用余外花钱，你就用这四百块去买件衣服吧。杨依依嘴巴一撅说，小气鬼，不用买衣服啦，下班回来时，看见一个专门织补的小摊，就拿去补了，你看，看不出来吧。又说，发的四百块，我留了一百，剩下的三百块我寄你老家去了，你爸不是下周三过生日吗？咱又回不去，寄点钱表表心意。

汪云龙顿时心头一暖。在心里动情地唤了声，依依，我的妻！

五

因为有了全勤奖的激励，杨依依上班的积极性更高了。为此，杨依依把闹铃的时间又提前了十分钟。

北湖这边开往江岸区的公交车只有一辆，趟数又少，车每每到了杨依依所等的站台时就人满为患了，前门后门都堵得水泄不通。车门一开，里面的人就喊，挤不下了，等下一趟吧。杨依依充耳不闻，用力一挤，一拱，身子就进去了。车内的抓竿和椅靠处处贴满了手。杨依依双手没地可放，只好抱着投币箱，叉开着腿。这样的姿势坚持个三四站路，腰就隐隐发胀。

从家里到上班的地方坐车需要大半个小时。杨依依通常是挤着去上班，又挤着回家。到了家，浑身的骨头都酸得找不着北了。汪云龙看见了心疼地说，真难为你了，成天挤着公交车跑那么远的地方去上班。杨依依小嘴一撅说，等你当将军了，我就天天打的去上班。汪云龙赶紧做了个暂停的手势，说，将军，你别白日做大梦了，我这正连到副营都还悬着呢！杨依依"哼"了一声，说，没劲！汪云龙没再理她，自个心里也觉得没劲呢。都说铁打的营盘流水的兵，部队的职位越往上越难。汪云龙私下里给自己算过几十遍了，就是按照正常的三年提一职，以年龄要求来算，他也只能干到副团，撑死了也就是个正团，离将军还差八竿子远呢。想想当年在军校里的意气风发，汪云龙觉得太理想化了。

两口子正有一搭无一搭地聊着，忽然门铃响了。是程笑，手里还提了两瓶酒。杨依依说，要来也不打个电话，搞得我一点准备都没有。程笑说，要啥准备呢，你那阳台上不是晒着半条鱼吗？杨依依愣了一下，说，原来你早瞧在心上了呢！

厨房里刚飘出点香气，程笑就张罗着把酒给打开了。是九年的白云边。程笑给自己和汪云龙各倒了一杯。程笑说，我今天跟你们支队的女干部见了面，刚讲明意思，人家一口就回绝了，连个回旋的余地都没有。汪云龙宽慰说，这个不行，还有下一个嘛。程笑说，我就整不明白，我不过就想找个条件好点的，合适的人结个婚，好好过过日子，怎么就那么难呢？说着，程笑一口干了自己的杯子。一会儿热气腾腾的豆豉蒸鱼就端上桌了。杨依依顺手将两双筷子两只碗分别递他们手里。

程笑说，近来前前后后看了几个姑娘，合心意的，家里条件太差，条件过得去的，人家却又在挑拣你。我跟你是同年兵，岁数也不小了，真想成个家，可是怎么就找不到个好姑娘呢？

杨依依正看着北京卫视放的《新结婚时代》，里面主人公简佳正跟顾小西讨论婚姻里到底是物质重要还是感情重要的问题。听见程笑在这儿抱怨，觉得话有些刺耳，准备张嘴理论几句，却被汪云龙暗里拉住了。汪云龙说，其实人家冯娟就真是个好姑娘，可你总嫌人家这啊那的。

程笑说，感情好不能当饭吃。这个地方，我让冯娟过来了，她能找到好工作吗？现在研究生找工作都困难啦，何况她还只是个中专生。找不到合适的工作，靠我养活她，将来两人的日子多稀慌。我真不敢想。人家不跟我，跟了别人，指不定还能当上阔太太呢。你说对不对？

第一瓶白云边已经解决完了。程笑摇摇晃晃来到杨依依面前，卷着舌头说，嫂子，你评评我刚才那话，像不像个男子汉大丈夫？

杨依依说，像个屁！

汪云龙说，你嫂子自打跟了我，嘴巴就变粗了，呵呵。

杨依依没有理会汪云龙的话。她说，程笑，其实有些话我早就想对你说了，今天既然张了嘴，就不妨一吐为快。你既然觉得跟冯娟走不到一起，那你为何不向她明说呢？老这么拖着干吗？你在这边早相亲，晚相亲，人家在那边死死盼着你一个人。说实话，我早就看不过眼了。冯娟，我跟老汪都见过，是个好姑娘，不过就家庭条件差一点，文凭低一点，可是人家善良、淳朴、宽容，为人处事，待人接物，大方得体。她上次来这边，都跟我说，如果你们关系明确后，她将来到这边来，实在找不到好的工作，就去超市当导购员，或者进宾馆当服务员，人家从来没有指望四体不勤靠你来养活，是你心里一直抵触这种职业的卑微，在你心中，劳动分了贵贱。所以你心里一直看不起人家冯娟，可是你又觉得冯娟很好，舍不得放弃，你做了"陈世美"，还想在冯娟那儿留条后路，你自己问问你自己，你像个男人么？

杨依依有些激动了，她索性关了电视。继续说，程笑，我衷心祝福你能早日找到一位有背景、有身份、有存款、有房子，同时也有脾气、有心计、有手段、有贪欲的女人。杨依依说完，头也不回地走到卧室去了。

客厅里冷寂了半晌。仿佛一壶开水，刚刚还翻滚着呢，现在忽然一个泡都没有了。忽地程笑打了个酒嗝，吐了一下没吐出来，幽幽地说了句，什么叫忠言逆耳，这就是。

六

五一假期本来说好到湘西去玩的，可汪云龙说"五一"三天假，他有两天都不能休息，湘西就这么泡汤了。次日，文雅来杨依依家里玩。两个女人从房价聊到柴米油盐。文雅突然问杨依依工作怎么样？杨依依说，就那样，撑不死饿不死。又问平时待遇怎么样？杨依依说，过年过节，别人单位发钱发米，我们单位发牢骚。文雅笑了笑说，现在的工作都是一个样，我反正是找不到像样的工作了，可是我老在家里玩也不是长久之计，年纪轻轻的，加上买了房子，每个月要还房贷，光靠一飞一人，压力也挺大的，我们每个月还一千五，他一个月工资才两千多一点，过日子实在拮据得很。我想尝试着做点小买卖看行不行。

杨依依问，什么买卖？

我。文雅被问得有些难为情起来了，像是难以启齿的样子。杨依依倒疑惑起来了，说，哎呀，做买卖只要是正当的，不偷不抢，这有什么的？

我不是这个意思。文雅脸红了，说，我做的买卖太小了。

杨依依问，到底是什么？

文雅抬起头，咬了咬嘴唇，说，我想摆个地摊。

不就摆个地摊吗？看你那副扭扭捏捏的样子，我还以为什么买卖呢，杨依依"哧"地一下笑了起来。

你觉得很可笑吗？其实我想了很久，可是一直不敢去尝试，我怕，怕被人看不起，毕竟摆地摊不怎么光彩，人家一说摆地摊的，语气里都夹着轻蔑，难听得很。想到自己竟有摆地摊的想法，有时候，我都觉得委屈，我怎么一下子就走到这一步了呢？可是每次看到别人摆地摊，我心里又好羡慕，好歹人家有自己的事情在做，可是我呢，每天窝在家里，走出去，我自己都觉得要矮人三分。文雅说着，眼圈都红了。

杨依依不知道拿什么话来安慰她。文雅的这番心里话给了杨依依很大的震动。她理解文雅，来武汉后她也曾失业三个月，那段时间里心里空落落的。以前在自己的家乡，人人羡慕的工作都觉得埋汰了自己，如今一个小小的私营企业里的文员都还靠竞争才能得到，个中滋味真是万般的不好受。求职单位的每一次拒绝都像一把钝刀子在她心上划了一下，她开始变得敏感而自卑。虽然最后找到了工作，可是这样的工作杨依依根本就不满意，私营的广告公司，像是沙丘上的房子，多么的不稳定，只要资金周转不来，说倒闭就倒闭，谁都不知道它能生存多久，虽然招聘的时候说好给每个员工买保险，可是到现在却一点动静都没有。这个公司没有产假，这也就是说，女员工只要怀孕生育就得失去工作，而且这个公司没有太大的发展空间，长久干下去也没有意思，这个班杨依依每天都上得很不踏实，也很窝囊。她不断地思考自己的未来，也不停地问自己，难道就这样替人打一辈子工吗？年轻的时候还无所谓，可是翻过二十八，她对这样的人生，这样的现状，蓦地感到心慌，感到害怕，难道自己真的要这么碌碌无为地走下去吗？

她一直都渴望着寻求一条出路。

当文雅说出摆地摊的想法后，她起初是觉得好笑，接着又觉得可行，再思忖她觉得十分了不起。虽说是摆地摊，说出去不好听，可这是在创业啊，在创自己的业啊。杨依依激动起来，她感觉有股热血在体内涌动。她说，文雅，我支持你摆地摊，可以的话，我们俩一起摆。

真的吗？你肯陪我一起摆地摊？

是真的，我们两个人一起来摆这个地摊，不，是我们两个人一起创业。

说得太好了！对，是创业。

103

　　两个人被这个想法燃烧着，头脑发热，叽叽喳喳开始讨论起进货选址的事来。两人商量好明天一早起来就去小商品批发市场选货去，每人先拿出三百元来投资。

　　晚上汪云龙回家，杨依依把摆地摊的事告诉了他，汪云龙骂她是发神经，放个假不在家休息跑街上摆摊，班不上啦？杨依依说，试试嘛，不耽误上班，说不定这还是条出路呢。

　　试试，你什么都想试，如果不是怕死，我看你连红火灶都想钻着试试。

　　我摆地摊又没碍着你的眼，我光荣地劳动，你凭什么说我，这个摊我摆定了。

　　行，你摆吧，摆出个烂摊子，别让我来收拾。

　　我还没摆，你怎么知道就是个烂摊子？我告诉你，你还别瞧不起这营生，好多大老板就是从这烂摊子起的家。我杨某人偏要摆出个老板给你瞧瞧，好好治治你这狗眼看人低的毛病。

　　哼！汪云龙把头扭向一边。

　　哼！杨依依把头大大地扭向另一边。

七

　　一走进汉正街，杨依依的头就晕了。满条街的小商铺密集密集的，新的旧的遮阳棚把天都挡了半边去了，各家各户码货的小摊子伸出来，把不宽的街道霸占得更为狭窄，加上来往的人群和打货的推车，让人脚都不知道放在哪，那些挑了货的扁担客隔了老远就叫"让开，让开"，还有一些商铺招揽生意的音响，能把灰尘给震起来，又挤又吵的。文雅说，真是天下熙熙，皆为利来，天下攘攘，皆为利往。现在她们也加入了"熙熙攘攘"的队伍中了。

整整逛了一个上午，出来时，两人手里都提了满满一大包。包里面数拖鞋最多，兼有帽子、扇子、太阳镜、项链、手链、苍蝇拍、电蚊香、小手电、小台灯等。这里夏天又长又热，这些东西应该都好卖。

两个女人提着这些沉重的货物，走得跟跟跄跄，汗流到嘴里都腾不出手擦一下。看到公交车来了，还得跟众多打货的男人女人拼体力，挤公交。颠簸了一路回来，两人累得骨头都快散架了。看看表，都已经四点多了，怕去迟了占不到好的位置，就赶紧弄了点吃的，连碗都没洗就提着袋子出门了。

走在路上，杨依依有点心虚，有意躲避路人的眼光。摆摊的地方她们选在了北湖附近中百超市的斜边上，那个地方的跳蚤市场已经小具规模了。不管先前多么热血沸腾，也不管做了多少心理准备，可是临到了摆的这个时刻，两个姑娘家还是感到很难为情，心跳很乱。

　　摆货的时候，杨依依的心都快跳到嗓子眼了，慌乱慌乱的。忽然她感到有些委屈，自己怎么这么窘迫了。她害怕此刻有熟人经过，这大白天的，无遮无挡，如果这个时候有人叫她，她怎么办？她肯定会无地自容，一逃了之。是的，她还是缺乏勇气来正视自己的处境，即便生活再不好，她装也要装出个有钱相，可是现在她无法伪装了，遮羞布已经在这一刻被扯了下来。摆地摊在世俗人眼里毕竟是社会最底层的活法，是那些无依无靠的老头老太太生存的方法，可是她们居然也选择了这样的方式来生存，杨依依开始有些后悔自己当初的头脑发热了，后悔没听汪云龙的。如今跟唱戏一样，大幕拉开了，锣鼓点都响了，撂挑子是不可能了，只有硬着头皮干了。

　　文雅蹲在地摊旁，头埋在胸前，她从摆摊到现在，头就没抬起来过。

　　天快点黑下来吧！杨依依心里不断地乞求。

　　过了大概五分钟的样子，有个男人蹲在了小摊边，手里拿了顶女式帽子问起价来。那人问了两遍，杨依依才反应过来，说，哦，这，这二十块。男人又拿起一副墨镜问，这个呢？杨依依说，这个二十五块，是好质量的。男人笑了笑说，二十五块，还好质量？杨依依的脸一下子就红了。男人说，这样子，帽子和眼镜一共三十八怎么样？

这，杨依依思忖了一下说，先生，我们赚不到钱的，您给个整数行吗，四十。

行吧，看你们俩的模样，是大学生吧。男人边给钱边问。

是的。杨依依随着男人的话撒了个谎。

四十块，这是她们的第一笔生意。那个顾客走后，文雅才把头抬起来，杨依依这才发现她哭过。看到文雅那张带泪的脸，杨依依也一阵鼻子发酸。不过在她接过那四十块钱后，开始有点信心了。

夜一点一点逼近了，地摊的队伍也多了起来，边上小店的灯光和超市门前的灯光都亮了，刚好照到他们这些地摊上。人流也渐渐多了起来，一些男男女女三三两两地停在她们的小摊前挑挑拣拣，讨价还价，她们这个小摊变得热闹起来。文雅也渐渐放开了手脚活泛起来。

收摊后，在杨依依家里她们把钱点了点，乖乖，居然卖了三百多块钱。这大大激起了她们的信心与热情，刚刚摆摊的那种心理压力和巨大阴影已经没有了。在一旁看冷眼的汪云龙看到她们赚了钱，脸上也露出了笑容。杨依依把钱往手上一掸说，汪大干事，这可比你修照片强多了。汪云龙说，你呀，三分钟热度过过瘾得了，长假过完，你还是老老实实上班去吧。杨依依说，照这个行情，我那个班不用上了。

两个女人在客厅里商量明天进货的事情。因为旗开得胜的缘故，两女人大有将地摊事业进行到底的势头。

八

第二天，两人的胆子大多了，对于一些货品的行情，心里基本有个谱了，所以进货很顺利。两人的地摊摆到五一假期结束时，就有了一千多块钱了。文雅把这些钱分成了两大半，一半留着进货，一半留着到一定数目，两人就可以分钱了。杨依依说，五百块，咱俩一人才两百五，一天才挣三十几块钱，一个月一千块还不到，怪不得人说摆地摊赚不了什么钱呢。文雅说，账不能这么算，你想我们摆这个摊，一天才摆了几个小时，从下午五点到八点半才三个多小时，就能挣三十几块多划算呢，不由人管着，多自由啊。

现在杨依依白天上班，晚上就跟文雅一起摆摊。地摊摆到半个月的时候，她们就出了点情况。那天，杨依依还没有下班，跟往常一样，文雅独自提货来老地方摆，刚刚摆好，城管竟来了，不由分说把东西都给扔车上去了。文雅当场懵了。卷走的货物值五百多块钱，是星期天她跟杨依依一起进的货。

其他摆摊的人陆陆续续出摊了，看见文雅杵在那儿，面前空空，都觉得奇怪，一问说是城管把东西收跑了。这些摊主都不知道如何来安慰文雅。这些摆地摊的大多都是些老实本分之人，靠勤劳来生活的，不晓得人情练达，请客送礼，也不晓得油嘴滑舌，溜须拍马。他们对付城管的方法除了跑还是跑。

杨依依一下班就直奔地摊。她老远就看见文雅呆在那儿，连摊都还没摆出来。赶紧跑过来。文雅看到杨依依，说，依依，我们的摊……还没说完，文雅的声音就哽咽了。杨依依问，摊怎么了？又问，货呢？文雅无言答对，索性蹲在地上落起泪来。邻摊的那位老板才跟杨依依说，你们的货刚刚摆出来，就被城管给收了。

城管？杨依依这下倒明白了，但是也没辙了。摆摊摆了十几天了，因为没遇上什么事儿，安心安意的，倒把这碴给忘了，还以为城管不会管到这旮旯来呢？

好容易摆了十几天，刚刚有点赚钱的意思，说没就没了，不是白忙活一场吗？杨依依看着文雅也觉得好想哭。这时，人流量少了一阵了。邻摊的几个老板们开始给杨依依她们出主意。有人说，小杨，你买几包好点的烟，到他们大队去一下，跟人家说点好话，把货拿回来，法理不通人情通。有人说，他们大队就在那条街上，每天晚上都有人值班的，我估计这会儿应该还有人在，买点东西，去试试看，实在拿不回来就算了，万一能拿回来呢，毕竟是五百块钱啊，不说别的，光这十几天的辛苦，这么给收了，也太不值了。

在旁人讲到十几天的辛苦时，杨依依鼻子好一阵发酸。她掏出手机给汪云龙打电话，说，摊被收了。汪云龙说，收了就收了嘛，反正又不是什么正业。杨依依听了这么一句不冷不热的话，心里都开始骂娘了，她问，你认识不认识什么城管的人？汪云龙说，我不张贴小广告，也不摆地摊，我认识他们干吗。我是良民。滚！杨依依气得挂了电话。自己一肚子冤枉没地撒呢，还听了他一通热嘲冷讽，就因为他不赞成自己摆地摊，杨依依每晚收了摊，累得腰快断了，回到家也不敢哼一声，如果哼一声，叫一声苦，就会招来"活该"二字。前几天，他们还吵了一架。杨依依气不过，一枕头砸向汪云龙说，你他妈的，你要是有本事，每个月拿个七八千、一万的，我还想着去摆地摊吗？你以为我是有福不会享，我跟了你个穷当兵的，我享不起那福，我他妈连个孩子都要不起，我跟你有什么奔头？在国外，一个人当兵，养活全家，你瞧瞧你这兵当的，连养自己都凑合，更别说养老婆孩子了。杨依依这番话直捣汪云龙痛处，汪云龙的气焰才软下去。两口子一夜没说话，各想各的心事。此后，汪云龙才没有反对杨依依摆摊。现在地摊一收，这事总算一了百了了。

这当儿文雅也给高一飞打了个电话。高一飞也没有办法，最后开玩笑说，实在不行，找几个战士过去修理他一顿。文雅说，放屁。

看来两个男人都指望不上了。杨依依说，我们要不去城管大队碰碰运气？文雅说，只能如此了。两个人也没有买烟也没买什么的，就这么两手空空地去了。来到城管大队发现里面有灯。文雅过去敲门，开门的正好是那个收货的男人。那男人说，怎么，不服气？文雅说，不是，我们能否把货拿回去？那男人说，笑话，你违法了，我这个执法的还陪你一起违法，那我不是同谋犯了。杨依依灵机一动赶紧上前说，不是的，队长，我们就是附近大学的学生，我们是从农村考出来的，家里经济困难，我们也是没办法了，就用父母给的生活费进了点货，想挣几个钱贴补贴补。您就把东西还我们吧。杨依依说着泪都下来了。文雅也在一旁帮腔说，是啊，您就把东西给我们吧，我们如果家庭情况好一点，经济宽裕一点，我们也不会摆地摊的。两个人在那个男人面前哭得稀里哗啦。不知道那个男人是可怜她们还是怎么回事，竟把东西还给了她们。那男人说，你们不容易，我啊也有个女儿，跟你们差不多大，在上海读大学，去年才考取的。那边的消费比这边还高呢，我女儿前几天都打电话给我，开玩笑地说她都想去摆摊挣生活费呢！杨依依说，您女儿真有本事，能考到上海去。那男人听到这句话，脸上有点受用，临走时叮嘱杨依依她们俩，说，以后别这么早出来摆，晚点。

出了城管大队的门，走了好远，两人才"叽叽"地笑出声来。杨依依说，真是法理不通人情通啊，穷人有穷人的智慧。

文雅说，真看不出来，你演技这么高超，还农村考出来的大学生呢！快三十了，还装嫩，我帮你搭腔都搭得胆战心惊。

杨依依呵呵地笑了起来，说，我读大学的时候就老演话剧，演曹禺的《雷雨》，头一晚上演鲁妈来着，次日就演繁漪，有几次还演过四凤呢，那演到动情处，眼泪珠子说来就来了。杨依依说着拉住了文雅的手，孩子，我可怜的孩子，还是你妈太糊涂了，我早该想到的，天！这谁又能料得到，天底下有这种事，又偏偏叫我的孩子们遇上呢。

杨依依，你这个疯婆子。文雅挣脱杨依依的手，提着一大袋东西追打起杨依依。

九

白天上班，晚上摆摊的日子过了两个月之后，杨依依就把工作给辞了。也不知怎么回事，近一段时间公司里谣传出裁员的说法，加上老板进进出出都是一张阴冷的脸，搞得上上下下人心慌慌，不少员工钩心斗角之事越弄越露骨了。杨依依反正不稀罕这个工作，不会为了这狗屁饭碗去跟人低三下四，更不会暗地里耍手段。所以她现在上班就在公司里冷眼旁观，一副悠悠然的样子。她不想去招惹人呢，可是有人偏要来招惹她。

公司人事部主任，快五十了，头上毛都掉得差不多了，平日里却喜欢在女员工堆里讲荤段子，貌似自己很幽默似的。杨依依对这样的人大多敬而远之。那天这位主任把杨依依叫进办公室里去，跟她讲了公司运行困难，需要裁减部分员工的现状，然后这位主任又问杨依依有什么人生打算，想没想过晋升加薪之类的事。杨依依说她对未来没什么设想，走一步看一步。那位主任又说眼下是个机会，只要她够聪明，他就可以向总经理推荐她做策划部主任，工资可以翻番。杨依依问了句，够聪明？够什么样的聪明？那经理耸耸肩，从对面椅子上起身，走到杨依依身边，说，我想，像你这么标致的女人应该会理解我口里的聪明吧。嗯？说着，一只手就暧昧地搭在了杨依依裸露的臂膀上。杨依依周身一麻，犹如吃下一只苍蝇。他娘的，打主意打到姑奶奶身上来了。"轰"一下，杨依依起身，对着那位经理的脸响天响地"呸"了一口，就冲出来了。她受不了这样的羞辱，想到自己这只天鹅被一癞蛤蟆惦记着，心里就直恶心。下午，她就在电脑上打好了辞职书，连招呼都没打，屁股一拍走了。

回到了家，杨依依才觉得这职辞得有些冲动，但是辞都已经辞了，加上也不是什么好工作，算了。不过她一直都没敢告诉汪云龙，直到一个星期后汪云龙才知道这件事，他跟杨依依吵了一架。汪云龙说，你摆摊还摆出瘾了，好好的工作说辞就辞，你跟我商量过吗？杨依依说，好好的工作？有什么好？我早就不想干了。汪云龙说，这工作再差，可是你每月有两千多块钱，家里指着这钱过日子，你知道吗，我每个月的房贷一还就没钱了。你知道你辞职给我带来多大的压力吗？杨依依也觉得有些理亏，在她写辞职书的时候她根本就没想到房贷，现在她也有点紧张了。这个房子是压在他们夫妻俩肩上沉重的山。杨依依说，当初我就说不买房嘛，你偏要买，弄个假收入证明骗银行，你没那本事，你供什么房子？汪云龙这下更气了，叫嚣道，你个没良心的，我买个房子为了谁，不就是为了让你有个安定的家吗？我是穷，是没能耐，可是我不是在为你能过上好日子在努力吗？你看见过我的辛苦吗？你理解过我的内心没有？你兴趣一来想干什么就干什么，说风就是雨。看到汪云龙眼睛红了，眼泪在眼里打转，杨依依有些心疼了，她说，云龙，你只知道我辞职了，可你不知道我是为什么辞的职，前段时间公司闹着要裁员，人事部的主任趁此想打我主意，他跟我说如果我顺从他，他保我当主任，工资翻番，我是气不过才辞职的。我受不了一个糟老头子对我的轻薄，对我有非分之想，我受不了。我宁可被饿死，也不要在那里干下去。

　　这下汪云龙呆了，他没想到事情是这个样子，瞬间他的心中充满了愧疚和愤怒。他捶着床叫骂，他娘的，敢侮辱你，老子一枪毙了这个狗日的。又问，他难道不知道你是军婚？杨依依说，知道又咋样，上次你们几个当兵的坐了个免费公交，司机意见大得很，军人都如此，我们军嫂就更别提了，这些年有哪个部门，哪个单位管过我们这些军嫂？现在这年月，跟人提我是军嫂，好比跟人说我是文学青年，羞得慌我。

汪云龙说，等几年，等我熬到副营你能随军就好了。

杨依依拿着床刷一边刷一边说，得了，随军就好了，我没做指望，能好到哪儿去，我看你们支队不少大老远随军过来的嫂子们不也是闲着吗？谁给她们安排工作了？我啊，自力更生，艰苦创业。摆地摊怎么了，我偏摆出个样来给人瞧瞧。

汪云龙说，你看看，你还是放不下你那个地摊。

杨依依笑了，说，我倒是想挣点轻松钱呢，跟那主任说的一样，顺从他，当主任，工资翻番，咱过日子不仅松宽点，还能存上钱呢。可是，咱命苦，红杏要出墙，偏遇上个老不楞登，还秃了顶的。

汪云龙说，你满嘴里跑火车，我就知道你骨子里就不是个贞节烈女，做得那么刚强，敢情是嫌弃人家老啊，如果是个年轻的帅哥，我估计你投怀送抱都还来不及呢。

杨依依说，这你又小瞧我了，只要我还是你的妻子，就是周润发倒贴我我都不要，但是话又说回来了，贞节烈女我是不做的，像王宝钏那样，丈夫出征，自个在寒窑守十八年，后来做了三天正宫娘娘就死，也太不值当了。我告诉你，你要是哪天战死沙场，我可不会为你守寡。

汪云龙长叹一声，哎。

十

杨依依这头每月固定的两千块钱是彻底黄了汤了，汪云龙就不得不抽出大量的时间去挣外快。自己分内的事做完了，就背着相机去各个中队照相，以前中队只有几十个战士需要照登记照的，汪云龙一般都给推了，现在就是十几个战士需要照，汪云龙都积极揽过来。

按照惯例，每年给大学生照军训照可以挣点钱，这还刚刚放暑假呢，汪云龙就给各个大队中队打电话联系。一通电话打下来，打得汪云龙都快骂娘了。这么个活儿居然大部分都给地方的老师们抢去了。最后落到汪云龙手里的就只两个大队，三四千多人，每个学生头上赚一块钱，也才四千块，这四千块还得抽出一分子酬谢中队或是大队的主官，到头来也就个三千的样子。

三千就三千吧，还得希望从中再不生变故为好。

杨依依这里跟文雅也很霸道。现在杨依依没有工作了，她们的摊竟从早摆到晚。早上去菜场摆一阵，卖些生活日用品，中午去闹市街头摆一阵，到下午晚上这段时间就钉在大学附近，卖些时尚的小玩意。等天黑了，她们就又杀回来在老地方摆。

这样一来人虽然很疲累，但收益就大不一样了，运气好，一天可以卖五六百呢。别看是小小的地摊生意，居然还有不少回头客。有些附近的居民都把她们俩的电话号码存上了，隔几天就打电话，喂，小杨吧，你们的围裙卖完没有，把那桃花色的给我留三条，我两侄女学国画刚好穿。或是，小文啊，你们卖砧板吗，要是方便的话，你们去进货帮我带一块呢。

那天两个女人顶着毒日，拎着两大袋子货品从东市转到西市，从南市转到北市，晒得红汗白流。为了省钱，两个人能走尽量走，走不动了就坐公交车，等那种一块钱的，没空调还挤得要命的那种。像她们这种提了大袋东西的，上了车不仅受挤，还得受白眼，司机和乘客都讨厌，袋子上有灰尘，只要挨着了别人，那人就立马闪躲，仿佛她们手里提的是两袋狗屎。下了车，逢到有那种金属柱子能照出人影来的，杨依依都会停下脚步瞅一瞅，黑瘦的脸、朴素的穿着、精明的眼神、腰间的挎包和手里的大袋子，怎么看都不像是个受过高等教育的女大学生应有的状态，有几次杨依依都不敢相信那柱子映出来的就是自己。直到在一次等车的时候，她从一个划玻璃的店面前清清楚楚看到了自己的样子，那一眼，令她万念俱灰，心寒不已，连死的心都有了。自己竟这样悄然地沦落了，跟开败的花儿一样，没有了好颜色。

晚上摆摊的时候，杨依依的情绪很低落，漫不经心的。连货品的价钱都理不清，叫的价钱比进价还低。文雅提醒了她好几次。最后文雅发火了，说，你干脆回去休息吧，别在这做赔本买卖。杨依依没有理她。对面的蛋糕店灯火辉煌，进进出出的人络绎不绝，通体透明的落地玻璃擦得一尘不染，各式各样的蛋糕模型整齐摆在展台上，水果型的、巧克力型的，还有蔬菜型的可诱惑人了。两位穿着白色裙装，腰间系着围裙，头上还戴个方巾的年轻小姑娘正客客气气地招呼来往客人，收银台旁坐着一个大姐，一头波浪卷发，一身得体衣裳，化了淡妆，安逸地坐在台旁收钱开票，忙完了就低头去看一眼台子下的黑色笔记本电脑，可能是在看韩剧。

看着看着，杨依依竟羡慕起人家来了。看人家东不担西不愁的样子，守着这么个漂亮店子风吹不着、雨淋不着、太阳也晒不着，店里面还立着一台三匹的大柜机，窗口的红丝线正飘着呢，想必冷气打得很足。那样的环境真是好，不像她们，早出晚归累出一身臭汗，皮肤也晒黑了，手指关节也粗大了，甚至因为肌肉的结实连身材都稍稍走样了。不仅如此，这个摊还不能一年四季都这么顺利地摆着，下雨下雪不能摆吧，刮大风不能摆吧，就是天气好出来摆，得眼观四路耳听八方提防着城管，城管再怎么仁慈，人家到了这儿了，装模作样地也要跑一下吧。可人家坐在店里面，就不用担心这，配料没了，一个电话，几分钟车就给送来了。这就是地摊与店面的差别。这也是人与人的差别。

那一晚，蛋糕店的一切突然间给了杨依依巨大的震动。她

118

萌生出了一个想法，将来自己也要开个蛋糕店，她也要像那个女的一样穿漂亮衣服，化淡妆，气定神闲地嗑瓜子看韩剧。自己给自己买保险，永远不担心被炒鱿鱼，也不担心有糟老头子来给自己苍蝇吃。

收摊的时候，走在路上，杨依依对文雅说，文雅，你知道开个蛋糕店大概需要多少钱吗？文雅说，没有十几万是开不了的，光这儿的门面你知道要多少钱吗？杨依依问，多少？文雅说，空转也要十二万。一个月的租金是两千，不包括水电费。

十二万？杨依依跳了一脚。

是啊，正因为此，所以我算是彻底打消了开蛋糕店的念头，并且门面店还跟这地摊不一样，咱地摊只需防城管，来了还有得跑，门面店得应付税收、工商。

当然了，门面店肯定生意好做些，本大利润也大，是咱们这小地摊比不了的。文雅又说，单拿这面包蛋糕来说，你五十块钱可以买一大袋灰面，可一袋灰面可以发多少个面包？咱这地摊赚到顶也就三倍的利润，可人家那是几十倍的利润啊。再说奶茶，不就跟卖水差不多吗？真跟抢钱有得一比了。

怪不得那女老板那么悠然自得呢！杨依依心里感叹道，因此也越发坚定要开个面包店或是蛋糕店的想法。地摊是暂时的，开店才是长久之计。

一下子，杨依依就为自己找到了出路。

到了文雅家里，文雅进屋拿了个布袋子出来，拉链拉开，一股脑全倒在地板上。文雅说，这是半年来咱们挣的，今天咱们点点吧。没想到光红百块就有三千四百块。杨依依一下子兴奋了，这快乐的情绪瞬间铺开来，每个人都心花怒放。最后算下来，两人平均分了个七千多块钱。

高一飞赶紧给汪云龙打电话说，老汪，快来我这里押镖。没想到老汪在三大队照相，晚点了，没赶上公交车，不知道怎么回来，要杨依依等他一会儿。

文雅说，打个的呗。

高一飞说，你知道三大队在哪？到郊区去了，打个的，要一百多。

文雅说，那怎么搞，都十点了。

杨依依说，放心吧，他会有办法的。

直到十一点，高一飞的门铃才响。杨依依一个箭步跑去开门。果然是汪云龙，灰头土脸的，领口的扣子全开了，露出被相机包肩带勒红了的印子。身上一股馊臭味。

杨依依问，你掉阴沟里了？

汪云龙来不及答话，冲着高一飞喊，快给我一杯水，快。

汪云龙一口气连喝三杯，人才开始有点生气。说，我走了四站路，不少的士朝我按喇叭，我问要钱不，人家一听油门都踩不及。他妈的，我一天辛苦才赚多少钱，一个的士一打，十几分钟没了。刚好有辆运煤的车，我他妈不管了，拦下再说，刚好是到北湖的，我亮了下警官证，上车了。司机也没说什么，还给我打了根烟。原来那司机是刚退伍的士兵，他妈的，我们在车上吹牛，吹得我嗓子都快冒烟了。

一席话惹得满屋子笑声。

十一

有了这七千多块钱垫底，又加上蛋糕店的动力，杨依依跟文雅对待这个小地摊越发尽心了。日子在各自的辛苦忙碌中飞速流逝，漫长的夏季也即将过去。杨依依跟文雅每天精神抖擞的，提着大大的编织袋从东边挪到西边。现在杨依依跟文雅没有当初那种自卑心态了，嘴皮子练得利索极了。挤公交，也霸道得很，手里的编织袋就那么耀武扬威地占着地儿。讲话也粗声粗气的，常惹得整个公交车上的人都盯着她们看，目光带着不屑。杨依依心里说，有什么了不起，别以为自己有多高贵，上了这趟公交车的估计也有钱不到哪里去，不都是给人打着廉价的工？那个穿低胸红裙子的女人，说不定连廉价的工都没得打，给人偷偷摸摸地做二奶呢！拽什么拽？

这次两人在街道口附近摆摊，没想到碰见了熟人，章贝。

她们摆地摊的事儿知道的人还不多，所以大庭广众之下遇见熟人多少有些别扭。章贝也看见了她们，有些不敢相信，想过来讲个话，又怕她们尴尬，在马路对面边走边朝这边看。文雅把头扭向一边，杨依依装着整理货物，但一抬头，正好跟章贝的目光碰了个正着。杨依依心一横，喊道，章贝！

章贝停住脚步，扬着笑脸转身朝这边走来，到跟前了，说，是你们，我都没看见。文雅说，其实我早看见你了，没跟你讲话，怕丢你的人。

章贝说，嫂子，你说什么话啊，正经做生意呢，丢什么人？我要是跟你们后面店里的女人讲话，才丢我人呢！

杨依依转身向后看，这才发现她后面是家休闲店，半透明的玻璃门后面一张脏兮兮的沙发床，上面躺着一个浓妆艳抹的女人，网眼的黑丝袜，裙子刚把屁股包住，目光再狠一点，还能看见里面蓝色的内裤。

杨依依"呵呵"一笑说，你还嫌弃人家，人家无本经营，还是高收入群体呢。

这一调侃，令章贝和文雅都笑了起来，氛围就自然些了。这时，章贝的电话响了，她看了一眼，赶忙走了两步才按键接听，有明显回避她俩的意识。看来打电话的人绝对不是邓云波。文雅似乎想起了什么，对杨依依说，前几天，我听高一飞说章贝正跟邓云波闹分手呢，嫌邓云波买不起房子。杨依依说，不可能吧，他们感情蛮好的。章贝接完电话后，回来对杨依依跟文雅说，你们忙吧，我有事先走了。

怕过会儿还要跟章贝碰面，免得别扭，两人就收摊准备换地方。路过一家饭馆时，透过玻璃杨依依发现章贝在里面，对面还坐着一个穿着很好的男人，桌上还放着一束玫瑰花。章贝冲着那男人笑，很妩媚的样子。

杨依依拉着文雅快速走过了那家饭店。文雅说，没想到，章贝真学会了脚踏两只船。

虽然这事与她们没有什么关系，但杨依依跟文雅心里还是略略有些不爽，当初章贝老在她们面前说嫁给军人多么荣耀，整天憧憬着成为正儿八经的军嫂。说得她们俩在她面前都有小小的优越感了，可是现在她踏入社会两年后却叛变了，背着邓云波跟别的男人约会，那男人只不过比邓云波瘦点，可能比他有钱点，还有什么？杨依依感到隐隐的愤怒。

十二

转眼已是秋分时节了，天气一天比一天寒凉。到周末了，还下起了雨。汪云龙对这样的天气满意极了。一大早起来，汪云龙就跟杨依依商量，说同学好久都没聚了，刚好你有空，把他们一齐喊家里来闹一下。杨依依本来是想说不的，但是看汪云龙那么兴致勃勃的，就点头同意了。于是汪云龙就挨个给同学打电话，杨依依赶紧起床洗漱。既然要请客，那就得买菜做饭，外带收拾屋子，事情烦琐得很。

两人菜都还没买回来，几个同学就打电话过来，说已经在他们家楼下等着了。来的是林松、马小兵、雷凯和邓云波。四个人刚好凑一桌麻将。邓云波几天不见，人好像瘦了一圈，显得有些苍老，兴致也不高。看来跟章贝闹分手的事是真的。

杨依依心里暗自疼惜起邓云波。邓云波平时看起来大大咧咧，好像是没心没肺，但是对章贝确实是动了真情的，每个月的工资几乎一分不剩全花在了章贝的身上了，买衣服、下馆子、租房子、换手机、配电脑，只是他的给予显得艰难些，比方章贝要电脑，要了一年半才实现，换手机也嚷了大半年才换。但是只要是章贝提了要求的，邓云波最后都还是满足了的。算来，他们的感情也有三四个年头了。陡然说分手，心里肯定是难受的。杨依依就想不明白，人的心就那么容易变吗？

外面打麻将的邓云波完全不在状态。于是让汪云龙来换他，他去给杨依依打下手。

邓云波进了厨房，关上门，神情陡然间黯淡下来。杨依依随手给他递了把韭菜，说，摘一下。杨依依知道此刻的邓云波正承受着被撕裂的痛楚，他渴望倾诉，渴望安慰。这些年，杨依依以她的热情奔放、心直口快、善解人意的性格，在他们这些战友中间落下了好名声，他们什么话都跟她说，什么事都习惯听杨依依的意见。在这些没成家的战友眼里，杨依依就是他们的知心姐姐。用林波的话说，杨依依是他们共同的"妻"。

半晌，邓云波叹了口气，嫂子，我跟章贝分手了。杨依依说，为什么？邓云波说，因为她碰见比我更好的了，是她们公司的老总，三十岁，还没结婚，房子有两栋，开奥迪的车子。这样的成功男人我能比吗？她说要分手，干脆成全她算了，反正我也买不起房。

杨依依说，章贝不是攀高枝的人，你的情况一开始她就知道，你没房子又不是这几天没房子的。再说了，人家有房有车，可你们有四年的感情，那是一天一天过过来的，你怎么就比不过人家了，你就是个懦夫，告诉你，女人都是很讨厌懦夫的。这句话令邓云波沉思了很久。

最后一个菜是韭菜炒鸡蛋。刚炒好，汪云龙就进来了。说，十一点半了，可以开饭了。杨依依说，人来齐没？汪云龙说，就程笑没来，别管他，我们先吃。说着就跟邓云波一起往外面端菜。

菜端齐了，酒上桌了，门铃响了。杨依依气得吹胡子瞪眼睛，说，还会有谁，程笑每次都这样，来了就吃。众人哈哈大笑，都说要罚他酒。这边汪云龙把门打开了，说，依依，快来，来稀客了。

杨依依说，一个月来二十次的人也叫稀客？

嫂子！谁一个月来二十次啊？

杨依依一抬头，呀，冯娟！真是稀客，稀客。

程笑赶紧抢白说，不是说不稀吗？

杨依依说，去，别发拽，大伙把三杯酒都给你准备好了。

冯娟说，你们当酒是水呢，他迟到了是因我而起，就由我来喝吧。说完，就把面前的三杯酒给干了。众人拍手叫好，直呼痛快。马小兵问，你是哪人？东北的吧？

冯娟说，四川的。

林松拐了拐程笑的胳膊，说，你有本事呢！

冯娟一下子红了脸。

杨依依看着程笑，也替冯娟感到欢喜。程笑既然把冯娟带到这样的聚会上来，看来心里已经承认了他们的关系。冯娟可能想象不到，程笑是在一番挑挑拣拣后才选的她，但是，杨依依还是决心将这个秘密隐瞒到底。

十三

邓云波隔三岔五就会给杨依依打电话，向她倾诉心中的苦闷。听汪云龙讲，现在不少战友都开始烦他了，最先战友们都满怀同情地安慰他，次数多了，一个个都怕接他的电话了。但是杨依依每次都接，她能理解他心里的苦闷，她怕他因为走不出失恋的阴影而变得一蹶不振。部队的训练那么重，他还要带新兵，工作那么累，要是出了差错怎么办？

杨依依实在是憋不住了，她决定请章贝吃饭，约她出来谈一下。文雅也同意，说，我们一起请她，她喜欢吃西餐，我们就在西餐厅请她，钱算我们两人的。

文雅的真诚令杨依依很受感动。她想说个谢字，又觉得太生分了，便什么也没说。

收摊后，杨依依就来西餐厅占位置。这里的环境还不错，精致又洋派，不过杨依依却不怎么喜欢，所有的西餐厅都有种欺负草根的意思，这令长于乡野的杨依依心生胆怯。

二十分钟后，章贝就跟文雅来了。章贝穿着一件白 T 恤，外面罩着一件韩版的水红吊带衫，一条牛仔七分裤，款款走来，浑身都透着青春的气息，活力十足。跟在后面的文雅就显得沉稳些，眉宇间藏着说不清道不明的沧桑。杨依依从文雅身上看到了自己的影子，那都是被生活磨砺出的精明相，那种精明里透着庸俗的市井气。一瞬间，杨依依的心里像针扎了一样。

章贝热情地叫嫂子，跟以前一样。只是杨依依本能地生出了隔阂。

章贝说，你们也真是的，又不是节日也没什么喜事，跑这来干什么？瞎花钱。说着点了份牛排。

几人聊了些家常，服务生便把牛排送来了，大大的圆盘里，牛排一小块，周围码了一圈西兰花。杨依依笨拙地拿起刀叉划拉着。这样的吃法对于杨依依来说不是享受，而是折磨。

杨依依直奔主题说，章贝，我今天约你出来，就是想问问你，好端端的怎么跟邓云波分手了啊？

章贝警觉地看了看文雅说，你们是不是设的鸿门宴啊？

文雅说，什么鸿门宴，我跟依依有那么坏吗？

杨依依说，章贝，邓云波是穷一点，农村来的，可是这一点你不早就知道了吗？人家谈的时候又没有隐瞒你。

章贝的脸色变了，向上扬着的嘴角一点一点被收紧，刷一下，愤怒的表情就摆在脸上了。她没想到杨依依把她看成是这样的人。文雅在桌子底下勾了勾杨依依的腿，意思叫她别再说了。杨依依瞪了文雅一眼，心里想，四十多块钱一盘的牛排白吃啦，不把事情问清楚，太对不起这一百多块钱了。杨依依很严肃地望着章贝。

章贝很生气地说，我告诉你们，我根本就没有嫌弃他，我不是嫌贫爱富的人，如果是，我不会跟他一谈谈三四年。我对他是认真的。

杨依依说，你对他是认真的，那他对你就不认真吗？

128

章贝说，他对我认真不认真我不知道，我只知道我的心。

杨依依也气愤了，说，他对你的心，你不明白？他这几年对你的好，全当喂狼了，白眼狼！你分明就是嫌弃人家穷，买不起房子，给不了你想要的生活，你装什么装。

章贝被气得不行了，抓起坤包转身就想走，文雅一把拉住了她，说，章贝，你别这样，依依她是好心。你听我说两句，你跟邓云波这三四年的感情，我们大家都看在眼里，你们现在一下就分手了，我们旁人看着太可惜了。你不知道邓云波现在有多痛苦，上次在依依他们家都喝醉了，直呼你的名字，这几天他一天给依依打四五个电话，部队的训练那么重，他不是心里憋得慌，他一天到晚打电话干什么？你们这么深厚的感情，你难道就忍心看着他受这样的折磨吗？以你的性格，重情重义，这样的分手，你未必就真能做到洒脱吧。

文雅的话说到章贝的心里去了。到底是文雅理解她，其实这几天她的心里也不好受，来这里吃牛排，她也是强装欢颜。她已经有半个月没有跟他联系了。她虽然每天跟公司的副总约会，但是她内心深处还是牵挂着他的，她跟他拥有那么多的过去，每一件在事后想来都是那么的温馨，那么的美好，他在她的心中不是随便找个人就能填补得了的。

她的痛苦谁看见了，如今却被依依说成是这山向着那山高的女人。章贝只觉得鼻子一酸，眼泪就这么滚了下来。

　　杨依依说，你哭什么哭啊，我只想问你，你到底怎么解决这件事情。如果说你内心还在乎邓云波，那我今天就算了，咱们还是好姐妹，如果你对邓云波没有任何好感了……

　　那又怎样？

　　怎样？就这么好分手的啊，吃人家的，喝人家的，邓云波这几年的工资全用你身上了，你得把这些钱还人家啊，你把人家榨干了，奔着好日子走了，留人家在原地踏步踏啊，不说别的，他这四年的工资加福利和奖金，一年是四万，总共十六万，够套房子的首付了，你吃肉还不吐骨头啊。

　　杨依依！章贝气愤地站起身，拍了下桌子，说，我的事，不用你管。

　　我管的不是你，我管的是我兄弟邓云波。想当初，是你招惹的他，依依！文雅急了，说，你在说什么啊，你这样能解决问题吗？

　　章贝冷静了下来，换了副语气说，是啊，我是嫌贫爱富了又怎样？一个从农村来的小军官，要前途没前途，要房子没房子，要长相没长相，一个是城市里的大老板，要地位有地位，要票子有票子，就是傻子也知道会选谁。我可不想过那种连柴米油盐都靠算计的日子，完了还靠摆地摊来补贴家用。

　　摆地摊怎么了？杨依依被这句摆地摊和她说这句时的轻蔑表情激怒了，她像牯牛看见了红布一样。她最不能容忍别人的轻看，她是有颜面的，她将这份尊严看得十分重要，她每天都像卑微的小草一样匍匐在地上，用低贱的身份来讨生活，可是章贝的那番话就像是一双脚踏在了她的身上。她忍受不了这样的嘲讽，这样的奚落。她抓起坤包，拉着文雅，说，走，走啊，别在这儿碍人家的眼。

依依！文雅没有挪步，说，你冷静点，你是来解决问题的。

文雅的态度令杨依依更加气愤，她为这个唯一的好朋友在这个紧要关头没有跟她站在一条道上感到心寒。她一把掸开文雅的手，说，你就留这儿，继续让她来羞辱你。

依依，依依！文雅在后面追着喊。

依依头也不回地走了。公交车在经过她们常摆摊的那个地儿，她又一次看到超市旁边明亮的蛋糕店，那个女老板依然悠闲地在看着韩剧吃着瓜子。杨依依那一瞬，恨不得把这个女的揪出来，她自己坐进去。要开店的想法，比以往任何时候都要来得强烈。就因为现在的卑微，她们必须要以一种更强大、更有力的方式站起来，不为别的，就为争口气，给那些小瞧她们的人看看。

十四

第二天，文雅来到杨依依家，向她说了章贝跟邓云波分手的真正原因。章贝是一心一意想要嫁给邓云波的，邓云波对她的好她比谁都清楚。可是都毕业两三年了，邓云波从来都没有跟她提过要结婚之类的事。章贝旁敲侧击过多少次了，比方叫他存钱，不要每个月的工资都花得一分不剩，将来办酒席没钱怎么搞。可是邓云波总不听，好像没有结婚过日子的想法。于是章贝急了，催着邓云波买房子，邓云波哪有钱买那奢侈玩意，就觉得章贝这是无理取闹，是嫌弃他，变心就变心呗，还找个理由。

刚好章贝她们公司里有个副总，年纪又轻，家庭条件又好，人长得不错，对章贝挺有意思的，一天一束百合，章贝确实有点心动了，可再怎么心动，毕竟抵不过她跟邓云波这三四年的感情，况且邓云波对她是有恩的，如果当初没他，她只怕都给人踩死在火车站了。她从来都没想过要背叛这段感情，可是邓云波总是不提结婚这档子事，本来当初追他是她主动的，可是结婚这事总得让男的主动吧。趁着这个副总的鲜花刚好刺激这个榆木疙瘩。晚上下了班，章贝说，跟你说个事，咱们公司有个副总向我示好，又是鲜花又是晚餐的，人年纪不大，房子有几套，存款不说多了，几百万是有的……

邓云波说，人家好，你跟人家去嘛。

章贝说，哼，跟就跟，这可是你说的。

邓云波说，是我说的，人家好，房子有几套，你还回来干什么，故意跟我说一声，你这是在炫耀你即将到来的美好生活，还是在羞辱我的无能为力？

就这样，两个人就云淡风轻地分了手。说到底是邓云波自己把章贝往人家怀里推的。

杨依依说，现在我不操心这个事了，我自己的盐罐子都生了蛆了，还管人家干什么。

打那以后，再摆摊，杨依依就变得沉默寡言了，文雅见她这样，也变得淡漠了。

天已经越来越冷，前天还穿着毛衣呢，这几天几阵北风一起，都要穿棉袄了。到了晚上，那冷风跟蛇似的吐着信子直往人脖子里钻，地摊的生意也逐渐清冷。杨依依的心跟着天气一样，一天寒似一天。

因为生意不好，杨依依火气也变大了，不顺心总喜欢跟汪云龙吵。一吵架，杨依依就提到汪云龙前年借出去的五千块钱。说，你倒大方，借出去了，这两年来，人家跟你电话都不打一个，连个谢字都没有，没钱总有句话吧，连个话都没有，索性不联系你了，你搬石头砸天去。汪云龙被吵得心烦，说，会还的。其实这句话汪云龙也说得没底气，钱自从借出去后，人家确实就没再联系他了，他倒是给对方打过几次电话，可号码都是无法拨通，再打就停机了。汪云龙现在心里也质疑当初是不是太草率了。可是在那种人命关天的情景下，一个昔日的战友加老乡找他借钱，不借太不是他的性格了。

日子就这么不咸不淡往前过着。杨依依现在是缩小一切开支，不添衣物，不逛超市，把冰箱断电，衣服也用手洗，她的手跟汪云龙一样的紧，也一样的抠，因为梦想太大，她不得不缩小一切开支往里面填充。现在受穷是为了将来不受穷，现在的不体面是为了将来天天都能体面。

邓云波已经好久没打电话了，想必失恋的伤痛已经日渐愈合，可是没想到，今天刚一出摊，电话竟来了。邓云波说，嫂子，章贝她突然肚子痛，我现在真出不来，你帮我去看看，快。

杨依依说，都跟你没关系了，你多管闲事，她不是有副总吗？

邓云波说，嫂子，我求求你了，你这是帮我。

杨依依挂了电话，对文雅说，收摊，章贝病了，要送医院。

章贝跟邓云波分手后，自己在关山一个背街的地方租了个房子。门没有锁，杨依依她们一推就开了，一眼就看见蹲在屋中央的章贝，两手捂着肚子，脑门子上冒的汗有黄豆那么大，脸色刷白，嘴唇都紫了。

文雅赶忙去扶她，才发现一件粉色的毛衣从领子到后背都湿透了。文雅说，依依，快打120。杨依依说，来不及了，你先背她下楼，我来想办法。说着她便给程笑打电话，因为他在总队能派车。此时的程笑正带车出门赶往天河机场去接总部一个领导过来搞检查，时间紧得很。杨依依说，能不能先把车开到这儿来，章贝要去医院。程笑说，不能，你们自己叫救护车，接人耽误了，我得下课。杨依依说，救护车能快过你们军车吗？这是人命关天的事，耽误不了你几分钟，你别跟我扯了。程笑还在说，嫂子，真不能，公车不能私用。杨依依说，好，你讲原则，你要是十分钟之内不到这儿来，我十分钟之后就给冯娟打电话，把你以前的话抖落给她。程笑立马火了，吼道，行了，我马上到。

前几天报纸登出了政府一部门要招一个打字员，工资一千五，还办理各种保险，工作也很稳定。几百人去应聘，其中还有不少本科生和专科生，通过考核，冯娟的成绩居然列在第一位，她打字的速度快，错别字又少，一篇文章下来，兼着排版就排好了，负责招聘的那个主任说，真是个人才。冯娟就这样获得了一份还算不错的工作，连她自己也有小小的得意，自己一个中专生竟然胜过本科生。因为冯娟工作的落实，且还落实得比较体面，程笑的包袱彻底没有了，两人的关系进入到了又快又好的发展中。所以现在冯娟基本上能拿捏住程笑了。

军车一路无阻挡果然很快，不到十分钟就开到了章贝租住的楼下，司机帮忙将章贝抱上车，就一路往武警医院猛飙，红绿灯也顾不上了。

医生说是急性阑尾炎，已经化脓了，如果再晚一些，情况会很危险，需要马上做手术。杨依依说，做呗，我马上取钱。文雅说，不用了，我带了，出门的时候就想到这点了。文雅从包里拿出她那个布袋子，说，这是咱们做买卖的钱，先救急。

手术费用一共是一千五百元，全是文雅她们垫付的。手术做完后章贝被推进病房里，麻醉到下午四点才醒。章贝睁开眼的时候，看见了床沿上的文雅。章贝说，嫂子，谢谢你。文雅说，我一个人没这能耐把你送医院，是依依逼着程笑把车调的头。章贝问，她人呢？文雅说，她摆摊去了。

章贝说，嫂子，那天真是对不住你们，我并不是故意要那么说的，依依她话赶话把我逼急了。

文雅说，算了，过去的事别提了。你那话确实伤着她的心了，这段时间我跟她在一起，她沉默了好多，你说她一个堂堂大学生，一直都那么骄傲着，平日都是她把别人不放在眼里的，说起摆地摊，当初还是我拉她下的水，她虽说嘴上不在乎别人说她是摆地摊的，总说凭劳动赚钱，其实她心里还是很在乎的，她面子薄，你跟她那么好的朋友，你都这么说她，她心里好受吗？现在连着我也怨上了。得了，别想了，身体要紧。依依说到底不是怨恨你，是怨恨自己没出息。

三天后，章贝出院。邓云波磨了半天假出来去医院看章贝，依依也跟着一起。路过一家花店的时候，依依拽着邓云波进去了。邓云波说，接人呢，你进这地方干什么？依依不理他，径直对老板说，包九枝玫瑰，红的。邓云波急了说，你要干什么？老板包好后说，小姐，九十块。邓云波跳了一脚说，九十块？买点水果不实在些。可还是掏了腰包。

出了门，依依说，你等会儿就拿着它，跪在她面前，说，章贝，嫁给我吧，这事就成了。

邓云波说，你耍我吧，我不是猴呢。

杨依依翻了他一个白眼说，你不是猴，猴比你聪明上千倍。

文雅在大厅的缴费处那儿办理出院手续，章贝坐在旁边的椅子上等她。邓云波跟杨依依一前一后进了大厅。章贝一眼就看见了他们。章贝叫了声嫂子，起身朝杨依依走来。章贝说，嫂子，原谅我吧，我向你道歉。

杨依依说，我早就忘了。邓云波抱着一束玫瑰杵在大厅里浑身不自在，觉得来来往往的人都在看他。杨依依把邓云波捅了捅，说，你有什么话，你说啊。章贝立马别过脸去。邓云波结结巴巴，像完成任务地说，章贝，嫁给我吧。

文雅对章贝说，你快表个态啊，这大庭广众之下，他一身军装代表的不是个人呢，而是整个武警部队的形象，你瞧那边几个武警都朝这边看呢。

杨依依也说，我告诉你，嫁给他你亏不了，你看你一个阑尾炎，多少人围着你转，总队的头号车送你上医院，武警医院可是拿你当家属在照看，你要是跟武警扯不上关系，谁管你？

搁这医院挂号缴费都得排半天队呢。

章贝说，哎呀，连个戒指都没有，谁嫁给他啊。

邓云波就是傻子也听出了这话里的信儿，激动地说，只要你现在不跟我要房子，戒指好说，我立马给你买去。

十五

转眼到了元旦节，汪云龙所在支队的福利总算翻了一番，发了两袋米两壶油三箱水果还发了一千五百元钱。元旦的前两天，汪云龙借支队的顺风车将这些过节福利运回了家，杨依依看见拖箱里米有十几袋，油有十几壶，水果也有五六箱。杨依依说，怎么那么多，不是说两袋吗？汪云龙说，那些单身干部把米和油全给我了。杨依依说，明年一年不用买米买油了。

次日，程笑打来电话说，总队要举办元旦晚会，有个节目需要有军嫂们来配合，他已经给杨依依和文雅都报名了。

杨依依说，我什么都不会，别难为我了。

程笑说，不要你会，按照文工团导演的策划，你们只需要穿件婚纱挽着你们的老公站在舞台上就行了。

杨依依说，千万不要表演什么动作，我一不会唱歌，二不会跳舞。

程笑说，看在部队给你那么多的米和油，就是让你下油锅，你都得下，这个你就不要推托了。

杨依依"呵呵"一笑说，行吧。

元旦节那天按照总队文工团导演的要求，驻武汉几个支队参加表演的军嫂们下午两点到总队大院里集合，等候化妆和试穿衣服。

文雅和杨依依他们两家合租一个的士赶到总队。汪云龙和高一飞一人穿着一件武警礼服，白衬衫打着领带，制服上的黄穗带跟金子一样灿灿的，大檐帽端端正正往头上一戴，真叫那个帅。

刚进总队，两边站岗的战士立刻敬了一个标准的军礼，汪云龙跟高一飞也标准地回了一个，把文雅跟杨依依看得一愣一愣的。

总队的水泥路被扫得一尘不染，正中间的几棵老樟树都挂上了红灯笼，机关大楼门前大理石砌成的旗台上矗立着一根高高的旗杆，旗杆上是一面鲜艳的五星红旗，而两旁的花坛边则是一排彩旗。军乐队在操场上操练着，一个身跨着大鼓的战士正强有力地敲着节奏。而那边的水泥道上并排走来三人一组的战士，戴着白手套，走得很齐整。在机关大楼跟前，两组就分了道，一组走向机关大楼门前，一组向大门走去，是换哨的士兵。两个战士向站岗的战士行礼，站岗的战士将枪交付给接岗的战士，然后回礼，然后换下来的战士在班长的带领下重新组成三人组，又整齐划一地向营房走去。

这样的场景杨依依只在部队题材的影片中见过，今天她活生生地看见了，只觉得漂亮，一种没有声响的漂亮，这种漂亮里藏着责任、刚强、威严，也藏着神圣。她觉得这里的一切都是那么引人向上，那么有力量。

两点整的时候，大院里聚了不少年轻的女同胞，都是驻地各个支队参演的军嫂。这当中有杨依依认识的不认识的，但是因为一个共同的身份使得她们彼此都那么亲近，不管年纪大小，不管职业地位，都互相"嫂子嫂子"地叫着。杨依依以前很排斥嫂子这个叫法，觉得把人叫得灰头土脸的，可是跟汪云龙结婚后，她就觉得嫂子这个称呼太温暖、太宽和了，哪种称呼都不如嫂子好。而今天，她头一次觉得嫂子里还有着崇高和敬仰。

都是白色的婚纱，都把头发盘起来了，年轻的姑娘们一个比一个美，嘻嘻哈哈地钻进后台。尽管导演一再说，别紧张，别紧张，只是上台摆摆样子。可是到了她们要上场的时候，杨依依跟文雅的心都快跳出来了。透过幕布，杨依依看到观众席上除了总队和各支队的领导，大部分都是今年新入伍的士兵，肩上领上连衔都没有，还有不少是部队家属。

上一个节目演完了。主持人走上舞台报幕，都说军人伟大，军人崇高，军人不容易，其实比军人更不容易的应该是军嫂，当她们选择军人作为一生的托付时，她们就选择了奉献，这是一辈子的奉献，也是一辈子的无怨无悔，没有花前月下的浪漫，很多时候在别人团聚时，她们却只能守望天边的月亮，都说军功章里有你的一半也有我的一半，没错，军嫂永远是军人最强大的后盾与支柱。下面我们有请军嫂代表上台，这三十名军嫂都是八〇后军嫂，她们是有知识有文化的新一代军嫂，她们个个如花似玉，却秉承了上一代军嫂热情、善良、宽容、孝顺的传统。

这些穿着婚纱的军嫂们上台后，台下立刻响起雷鸣般的掌声。这时，从台边上也走出一个穿着婚纱的姑娘，跟她们盘着一样的头发，拿着话筒。音乐响起，好熟悉的旋律，哦，是谭晶的《妻子》。

女演员拿着话筒唱道，这些年的不容易，我怎能告诉你，当唱到"有过多少叹息也有多少挺立"时，杨依依心头一热，瞬间眼眶就湿润了。女演员包含着深情的演唱一点也不逊色谭晶。杨依依跟着后面也轻轻地唱，后来跟唱的军嫂越来越多，声音渐渐地大了，唱到第二遍时，都盖过了女演员的声音。

这些年的不容易

我怎能告诉你

有过多少叹息

也有多少挺立

长夜的那串泪滴

我怎能留给你

有过多少憔悴

也有多少美丽

真正的军人

你扑向了风雨

我是你家中

最平安的消息

世上有那样多的人

赞美着你

我骄傲

我是军人的妻

当"我骄傲，我是军人的妻"反复吟唱时，台上台下所有的军嫂都百感交集，满含热泪，在这个物欲横流的社会淡忘她们的时候，有谁关注过她们的艰难困苦？武警虽说没有边防解放军那样辛苦，可是她们毕竟跟正常的夫妻还是不一样的，有很多的时候，丈夫只是一个符号，不能够依赖，只能守候。虽然在同一个城市，可是有时候命令一来，他们近在咫尺也不能相见。有时候执行特殊任务，为了保密，一走就是十天半个月，家属一点消息也不知，只能祈祷、牵挂、担心、猜忌。杨依依自从嫁给汪云龙后，身上的娇气像蛇蜕皮一样给蜕掉了，取而代之的是勇敢、坚强、独当一面。但是，杨依依从来没有后悔自己的选择。

歌唱完后，杨依依再也抑制不住热泪长流。

一秒钟的沉寂后，是激烈而又持续的掌声。

十六

天越来越冷了，今年的冬天似乎比以往更冷一些，往年过冬的衣服有些扛不住了。杨依依她们的摊从东挪到西、从南挪到北也没有多少生意，大北风呜呜的，把人一腔热血都给吹冷了。

杨依依觉得这个冬天真是冷得有些邪门。文雅一边跺着脚一边往手上哈气说，冬天来了，春天还会远吗？

杨依依真不知道自己的春天在哪里？

过了几日，她们在老地方摆摊时，忽然看见她们一直紧盯着的蛋糕店突然贴出了转让的条子。杨依依连货都来不及摆，就进店去了。那个细皮嫩肉的女老板几天不见，神情显得很憔悴，像掉了一大圈，一看便知是发生了变故，不然这么红火的店是不会转让的。

杨依依跟那个女老板点点头，女老板也向杨依依点点头。两人虽说没讲过话，但女老板还是认识杨依依的。这个女老板隔着玻璃看了依依很长时间，总不明白这个摆地摊的女孩子怎么那么仇恨她，每次看她的眼睛都快冒出火来了。女老板不知道摆地摊的这两个女孩子是多么羡慕和嫉妒她。

杨依依说，你的店真要转让吗？

女老板说，是的。

杨依依咬了咬嘴唇，鼓起勇气问道，你这店要多少钱转让？

女老板说，十二万。

杨依依的心"咚"了一下，跌进了万丈深渊，她早就知道自己目前还盘不起，可是这么好的地段，这么好的机会，难道要这么错失了？这一张转让的条子一贴出来，该有多少人抢着要啊。

杨依依说，我的钱都还没攒够呢。杨依依这句话声音很小，像是在自言自语，那话语里透着寒气与绝望。可是女老板却听明白了。她说，妹子，你想盘这个门面？你是要做什么生意？

杨依依说，面包店，可是我没有那么多钱。

女老板走下收银台，将转让的纸条撕下。说，我这个店经营到年底，你如果在今年的大年三十之前，包括大年三十，能凑足十一万，我就把这个店整体转让给你。

杨依依说，你为什么对我这么优惠？就因为我是个摆地摊的吗？

女老板说，不是的，妹子，其实在开这个蛋糕店之前，我也是摆地摊的，我和我男朋友大学毕业，找不到合适的工作，一起足足摆了四年的地摊，跟你们一样顶着冷风，受着冻，防着城管，饥一顿饱一顿才盘下这个店面，当时这个店面也便宜，因为小区刚刚开发出来，这几年，生意做顺了，不是因为老家出了事，我是不会转让这个门店的。你若能把这个门店盘下来，是不会吃亏的。找亲戚朋友们借一借吧。我帮你们，就是在帮当初的自己。

杨依依说，你等着吧。我会凑齐的。

出了门店，文雅问，怎么样？

杨依依说，十一万，整转。

文雅说，价格倒是合理，可是我们还是盘不起。

杨依依便把女老板对她说的话告诉了文雅。文雅说，这倒是一个很好的机会呢，我们凑一凑吧。杨依依说，我们回去把钱再清一清，这好几个月了也没清点一下。

这回布袋子的钱有两万五，可是离十一万还差得远啦。文雅说，我回去找我亲戚朋友看能不能凑个二三万，这就有了五万五了，你看你那边亲戚能不能凑点。杨依依说，我亲戚就别指望了，买房子的时候都没有支援一下，不是她们不愿意，而是她们没能力，都农村的。我看能不能回家找我爸商量一下，拿个五万，那可是我爸我妈攒的养老钱啊。

文雅说，只要咱们把生意做起来了，将来有更多的钱给你爸你妈养老。

晚上杨依依跟汪云龙商量了一下，汪云龙坚决不同意杨依依回家拿钱，汪云龙说，那是爸妈的养老钱，我们天高皇帝远的，他们万一出什么事了，这钱能救急，你把这钱搭进门店里，你知道什么时候这钱能生出钱来？如果你前脚把钱拿来，后脚爸妈要钱用怎么办？这个家再也经不起你瞎折腾了。

汪云龙的话说得杨依依没有主意了，也不敢给家里打电话。

这两天，凑钱成了杨依依心头的一块巨石，时时刻刻压着她。这大半年时间的蹲守，她亲眼看见了那个蛋糕店生意的红火，那个做蛋糕的师傅就没有一刻停歇过，如果盘下来她们是绝对亏不了的。并且那个女老板是因为曾经摆过地摊，所以开价是格外优惠了的。过了这个村可能真的就没有这个店了。

文雅这几天都在跟她那边的亲戚紧密联系着，她的一个姨妈已经答应借五千了，还有一个表姐也答应借两千。而杨依依这里是一点着落也没有，这样的时刻，杨依依除了向父母伸手，她不知道她还该向谁伸手。

一个星期六，天空突然飘起了鹅毛大雪。杨依依只能歇在家里，这几天杨依依在跟文雅寻思着，是不是该进些毛毯、冬靴之类的货品来卖，可是又觉得武汉的冬天不长，大部分人认为挺一挺，冬天就过去了，卖这些毛毯、冬靴的划不来，其实这些东西利润倒是挺大的。

吃了早餐后，杨依依的左眼突然跳了起来。都说左眼跳财，难道我真要发财了。说给汪云龙听，汪云龙说，你发财，下辈子吧，你那是眼部神经痉挛。

到了下午，汪云龙的电话响了，接了后，汪云龙就兴奋起来了，说，好好好，你总算有消息了，行，我马上来接你。杨依依说，谁啊？汪云龙说，宋羽。就是那个借了五千块的。

杨依依说，哦，现在冒泡啦？咱家可是一分钱都拿不出来了啊。

汪云龙说，别这么小瞧人家，人家这次是来给咱还钱的，还给你送了台大冰箱，说是给咱新房子用的。

汪云龙前往火车站接人，没想到接了一大家子，宋羽、宋羽老婆和俩孩子。俩孩子是双胞胎，大的是姐姐，小的是弟弟。

接的人还没到，冰箱倒先到了。红色的双开门冰箱，使整个厨房都气派起来。那个二手的小冰箱立马就不能入眼了。杨依依对工人说，搬走，搬走，快搬走，随便给卖了。两个工人高高兴兴抬着旧冰箱下了楼。

客人到了。杨依依一开门，俩孩子就阿姨阿姨地叫。宋羽老婆叫杨依依妹子，杨依依叫她嫂子。俩孩子倒是不客气，打开电视就看灰太狼与喜羊羊。宋羽一身笔挺的毛料西装，手腕上是一块银光闪闪的手表，很细致的做工。看样子，这两年宋羽混得不错。

喝了一杯茶，宋羽从兜里掏出一沓钱递给汪云龙，说，兄弟，这是一万块钱，是我还你的。汪云龙本能地推托。宋羽说，兄弟，你听我说，滴水之恩当涌泉相报这句话我是知道的，你别觉得我多还了五千，你觉得不好意思，当初没有你那五千，我老婆说不定就不在了，我哪还有这么漂亮的一对孩子，你是我的恩人啊。

说到当初的窘处，宋羽的眼眶都红了。宋羽老婆也跟着流泪，说，你千万得收下，当初我生他们俩的时候，也就是两年前的冬天，也是这么下着雪，我发作了之后，医生才跟我说是难产，要剖腹，我们当时带的钱不够，宋羽跑出去打了几个电话，对方都没有答应，只有你想都没想就把钱给了我们。宋羽老婆声音哽咽了，转过脸对杨依依说，妹子，当宋羽拿到了那五千块钱，我才觉得那个冬天不那么冷了。

杨依依也被感动了。对汪云龙说，把钱接下吧。汪云龙才没再推托。

到了晚上，汪云龙到外面餐馆叫了一桌子菜，又开了一瓶九年的白云边。汪云龙说，我们两兄弟好好喝一杯。

三杯酒下肚后，俩兄弟的话就多了起来。宋羽说他这几年一直在广东闯荡，以摆地摊为生，卖海鲜，反正什么来钱就卖什么。第二年跟一朋友合伙开了个五金建材店，行情很好，生意还不错，虽然在广州买不起像汪云龙这么大的房子，但是手上也有个五十多万了。不缺钱了。

汪云龙说，你妹子现在也在摆地摊，跟你不能比，小打小闹的小玩意，她前几天看上了个蛋糕店，可是她没钱。

宋羽说，多少钱？

汪云龙才觉得自己说漏了嘴，说，没什么，喝酒喝酒。

宋羽说，妹子看上的蛋糕店多少钱？你说，不说，就不是哥们。就是瞧不起我。

宋羽老婆也说，是啊，你们有什么难处，千万别瞒着，我们如果能帮得上忙，我们一定帮忙，帮不上，我们也不会打肿脸充胖子的。

杨依依说，缺五万。

宋羽大手一挥说，嗨，我当是五十万呢，只允许你帮我，就不允许我帮帮你啊，老汪这小子，太不够意思了。妹子，放心，宋哥我绝不是借酒说疯话，这五万算我的，明天就给你。

杨依依说，宋大哥，这个钱是我借的，你如果承认借，我就要，如果不承认借，我就不要。

宋羽说，行，是借的。

十七

摆摊的两万五加文雅借的三万再加宋羽借的五万一共是十万五，离十一万只差五千了，杨依依心里的石头下地了。

杨依依商量准备这几天去汉正街进一批毛毯和冬靴回来，博它一把，她们不信，十万五千元都征服了，就差这五千元还征服不了。人心齐，泰山移。

文雅现在都管杨依依叫老板了，叫得杨依依心花怒放。

雪接连几天地飘洒，没有停的意思。一层雪一层水，地上的冰，冻得比牛皮还结实。房檐上、树枝上到处都是冰凌，像剑一样悬在人们的头顶。每个小区的路面都被冰霸占着，人们出行动不动就会摔一跤。天也是出奇得冷，人们对保暖品的需求加大了，各大超市的棉鞋、毛毯几乎都卖断了货。这场南方罕见的冰灾使人们对寒冷产生了巨大的恐惧。

杨依依她们的毛毯和冬靴已经进回来了，她们又租了一辆三轮车，准备推着在各个小区里叫卖。她们跟"心忧炭贱愿天寒"的卖炭翁是一样的心情，她们渴望这场冰雪能持久一些，更冷一些，让她的毛毯能卖出好价钱。

天已经亮了，雪还是大团大团地飘着。杨侬侬早早起了床，文雅已经在她楼下等着她了。她们一起把货提下楼。杨侬侬从车棚里将那辆三轮车推了出来，两人又一起将货装上车。

小区里有不少武警在帮助铲雪，不是汪云龙他们支队的。汪云龙他们好几天都没有回家了，这几天忙着抗击冰灾，每天都被派往不同的街道、小区帮助居民义务铲雪。

杨侬侬推着车子在冰面上一步一滑地走着，文雅扶着后面的货，只能等杨侬侬上大路了，她才能坐上去。

风呜呜地吹着，树上的雪花簌簌往下落，杨侬侬使劲往前推着，身体都快成一条直线了。

忽然有人叫嫂子。抬起头一看是马小兵。杨侬侬掀下帽子说，是你们在这儿铲雪？马小兵说，是啊，这冰瘤子硬得跟铁疙瘩一样。完了，马小兵招呼了几个战士，说，帮嫂子把车推上路。

几个战士掌的掌龙头，扶的扶货品，几个人推着车艰难地向前行进。

出了小区后，路面都已经铲完了，大路上的雪已经被工业盐融化，不少车辆都在路上跑开了。

上路后，杨侬侬说，你们回吧。战士们说，嫂子走好。

文雅跳上车，杨侬侬就使劲蹬着。她忽然看见道路两旁的行道树在冰雪的覆盖下，都绽出了嫩芽，春天真的要来了。杨依依的心里扬起了一张帆，腿便更有力了，她全身的肌肉在骑板上剧烈扭动起来，她们的车很快就跟路面的车交融在了一起，所有的车轮朝着同一个方向滚滚向前……

天使的颜色

一

深夜十二点，南音坐在电脑前打着哈欠修改一篇通讯员来稿。忽然手机响了，是家里的。这么晚了还打电话？南音心里掠过一丝阴影。母亲在电话里说，音子，你爸爸近来吃饭总是哽着，今天吃晚饭时又哽了一会儿，我们想明天到你这来做个检查。

南音顿时警觉起来。将"吃饭哽咽"放在百度检索栏里，一搜索，每一条里都裹着"食道癌"三个字，这三个字如板砖一样拍向南音，令她倒抽一口凉气，一下子瘫在椅子上。南音在电话里哭着说，爸爸肯定是食道癌。母亲烦躁地打断她，说，怎么可能呢，你爸爸一年到头连喷嚏都不打一个，身体好得很，怎么会是癌症呢，不要瞎想，你爸爸不会的。母亲的语气里带有些慌乱，她果断地呵斥，与其说是在宽慰女儿，不如说是在给她自己壮胆。父亲年纪大了，又是突然出现这样的症状，是人都会往坏处想。

挂断电话，南音发疯似的在网上搜寻一切关于吃饭哽咽和食道癌的资料，越查心越慌，气越短。一夜没睡。

次日，去医院后，要做胃镜检查，门外等候这项检查的人已经排起了长龙。南音委托报社一个跑医院线的同事打招呼。来的人将父亲径直带进了检查室。这种超越正常的优待，仿如一种表演，她想让父亲一厢情愿地觉得，他女儿有些本事了。

半晌，检查室的门开了，医生走出来问，谁是李泽良的家属。南音和母亲迎了上去。南音抢先说我是，我是他女儿，这是我妈。医生朝南音母亲看了一眼，目光里有一点悲悯，转而对南音说，跟我来。

在转角处的办公室里，南音焦急地问医生，我父亲是什么病。医生从抽屉里拿出笔和纸，在她面前画出两条曲线。他说，这是人的食道，你的父亲在这，贲门靠上这个位置有个新生物。也就是肿瘤，恶性的。

南音顿时呆住了。果然是这个该死的病。尽管先前她有这样的思想准备，可是医生的话还是如晴天霹雳，给了她沉重的一击。没有任何假设和开脱，就是癌症。南音无法面对这板上钉钉的事实。她哭着问医生，能治吗？

需要手术。

做了手术就好了吗？能活多久？

食道癌的病人到最后都是活活饿死的，那是很痛苦的。医生避而不答南音的问题，做了手术后，可以保证病人正常进食。

可以活多久？南音有些不耐烦了。从医生回避的态度里，她知道父亲是活不了多久了。都说癌症这个东西，一发现就是晚期，就是绝症。但她还是想明确地知道父亲在世上还有多少日子，她要反哺于他，她要跟时间赛跑，将二十多年的养育恩情以大踏步向前的速度归还于他。

以你父亲的情况来看，估计就一年的时间。但是，任何事都是有奇迹的。医生的鼓励没能让南音感觉出温暖，相反她感觉到了这个医生想迫切收治父亲的愿望。

南音的背上开始密密麻麻地冒汗，仿佛一片麦芒长在了她的身上。她不曾想父亲的生命就这样走到了尽头，就只剩下这一年的光景了，死亡仿佛猎人放置在荒山上的夹子，猝不及防地就牢牢钳住了父亲的身体，将他一点一点拖向坟里。所有的思绪被迅速斩断，南音怔在那里，只觉得冷。

医生继续说，手术一定要做，不然到最后病人会很痛苦的，吃不下东西，要活活饿死。

做。南音回答得斩钉截铁。她不能让操劳一生的父亲再承受半点痛苦，她要尽一切力量来延长父亲的生命，哪怕是多活一秒。尽管奇迹不存在，但她还是相信它。

从办公室出来，她看到了走廊座椅上的父母。母亲低着头在为父亲拿包子，父亲背对着她。这样的姿势令他鬓角没有染到的白发非常显眼，父亲比女人还怕老，头发一白就要染。每天按摩锤不离身，冬天用中药泡脚，养生杂志年年征订，没想到一直渴望长寿的父亲居然离土地这么近了。那一瞬，南音的心疼得快要裂开了。她只觉得父亲的命运太坎坷，父亲害怕疼痛，可他的一生却怎么也避不开这个磨难，年轻时的坐骨神经痛、中年时的肾结石、前几年买菜又被摩托车撞断了腿，都是生生的疼，这一次还要遭次罪。泪怎么也止不住。她赶忙去了卫生间，索性抱头痛哭，然后在水龙头底下狠命冲洗。情绪镇定后，她给北华打了电话，北华一听便哽咽起来。对于他们来说，父亲是家里的天，如今天要塌了。北华在电话里泣不成声，断断续续地说，音子，你要坚强，妈妈身体不好，我又不在身边，爸爸，爸爸以后就靠你了。

刚走出卫生间，父母看见了她，他们叫她的名字，急切地想要知道结果。南音故作轻松地笑了笑，说，虚惊一场，还以为是癌症，医生说食道长了个东西，刀一割就没事了。她向父亲隐瞒了真相。母亲高兴地说，我说你爸爸不会有什么大病的，脸上有红有白，这次只说人要吃点亏。惴惴不安的父亲此时的脸色开始活泛起来，但是他还是有一点疑惑，他问，既然不是那个病，医生把我跟你妈撇开干什么？南音一下被问住了，她像往常一样不耐烦地说，毕竟是大手术，怕吓到你了呢。父亲笑了笑，满是怜爱地说，你个小杂种，脾气这么大，老子问都问不得。

这个从褪褓里就延续下来的昵称，令南音再次掉下泪来。这个世上的男人除了父亲，她还敢在谁的面前能如此放肆的撒娇。可是，以后呢？……

<h1 style="text-align:center">二</h1>

手术定在三天后，为确保万无一失，南音请求院方从省同济医院调专家主刀，为此她多付了五千块钱。在父亲确诊当天，南音迅速成长为主心骨。父亲病着，母亲什么也不懂，哥哥远在上海，南音挑上这重担就像冬天里穿棉袄一样自然而然。瞅着机会，南音把母亲叫到一旁，将父亲的真实情况说了。母亲端饭的铁盒子"咣当"一声就掉在了地上。母亲流着泪说，这怎么办呢？怎么办呢？在母亲的生命里，父亲是方向盘，一辈子跟着父亲风风雨雨过来的母亲一听到真相，眼神瞬间涣散。南音强忍住泪水，说，妈，振作点，您现在回老家去取钱，家里有多少取多少，然后把爸爸的医疗卡拿到县医保局去开个转诊单，我已经给学校的王叔叔打电话了，他会带你跑县城把手

续办妥的。将失魂落魄的母亲送上车后，南音心里又多了份担心，母亲该不会出什么事吧。但她没有多少时间去想了，她得赶快回到医院。在这三天时间里，她要陪父亲做完各种检查，心电图、钡餐、B超、胸腔造影等。厚厚的一沓检查单，每少一张，南音的钱包就往里缩一点。缩得人胆战心惊。

躺在床上的父亲对于即将到来的手术既期待又担心。父亲说，不知道下不下得了手术台哦。南音说，主刀的是同济的专家，省里干部的手术都是他做的，您跟高干一个待遇，还怕什么。南音尽量使气氛变轻松。其实南音也害怕，但是她怎么能将害怕流露出来？她必须要以一种很强大的、很镇定的行为压住内心的害怕。南音说，动了手术后，你就没事了，休养一阵，还要回学校工作，为我们挣遗产呢。父亲勉强笑了一下。过了会儿说，给你两个姑姑打个电话吧，无论多忙，都让她们来看看我。父亲此刻对亲情的眷念令南音万般不是滋味。有泪溢出，她赶紧别过脸去，说，早打了。

北华是手术前一天晚上到的。在床边握着父亲的手，北华眼圈就红了。他说，爸，别担心，会好的。父亲问，还没吃饭吧。母亲受到提醒，立刻去外面张罗晚饭。北华拦住了她，说，吃过了。他不想打破这份团圆，以后这一家四口的日子过一天就少一天了。

南音知道，父亲最放心不下的是眼前的儿子。他不止一次

160

地表达过这种焦虑。北华年近三十了，业没有个业，家也不圆满。当初父亲就反对他的婚事，可最后他还是草草成家。后来嫌钱少，又不听劝阻舍弃县城的财政编制到沿海挖金，一直高不成低不就，工作的不稳定，让媳妇刘芳渐渐失去了耐心，对他没有了好脸色，争吵不断，隔三岔五还动动拳脚。前年，北华准备大干一场，怂恿刘芳一同回老家开咨询公司，钱花了，公司最后不了了之。夫妻俩都没了工作，更要命的是刘芳还怀了孕，对这个仓皇之中孕育的胚胎，北华和父亲的意思都是不要，经济基础没有，感情基础也不牢固，对孩子是不负责任的。可刘芳母性使然坚持要，也就作罢。毕竟是条生命。于是，北华在毫无准备的情况下选择到上海打工，刘芳回农村娘家待产。

在电话里，南音曾听北华说，得知父亲患病后，他跟刘芳商量，要刘芳拿点钱出来，可是刘芳以孩子要出生为由，没有答应。在刘芳回家待产时，北华给了她一张四万的银行卡，那是他的全部积蓄，是为孩子出生做准备的。跟还有四个月出生的孩子比较，眼下老父亲的命更重要。他决定用存折到银行取出这笔钱，但是在他取钱时，才发现他的密码早已被改了。改密码的时间就在刘芳拿到卡后的当天下午。北华一拳砸在大理石台面上，口里骂了声，日他娘的。

从上海带来的两万块钱是北华从深圳的表哥那里借的。虽然父亲知道北华的处境，但当他从包里阔气地拿出这笔钱来，父亲还是很欣慰的，因为儿子给出的是温暖和孝心。生平第一次，父亲没有拒绝儿女的给予。一直刚硬的父亲突然表现出柔软，这种质的变化令南音心里揪了一下。

手术当天，两个姑姑赶早来了，大姑带了她们柑橘山的蜜橘，小姑带了一袋子土鸡蛋还捉了只活鸡。原本是四姊妹，二哥在三年前就走了，剩下这唯一的哥哥却又遭遇不测。她们叫大哥的时候，语气很谨慎，仿佛这个称呼如瓷器，得格外珍惜。亲人间真诚的情感流露令父亲获得了莫大的心理抚慰。父亲说，不要紧的，医生说动了手术就好了，又不是癌症。父亲的安慰让人更加心酸。他不知道这病就只瞒了他一个。

手术前需要签字，医生让父亲选个亲属陪同，父亲就拉住了南音的手。虽然这并不代表什么，但这样的选择还是令南音心里生出巨大的感动。她感谢父亲对自己的依赖与信任。北华有些诧异，但很快就释怀了。叮嘱南音说，把爸爸照顾好。

看着父女俩的背影，亲人们陡然觉得娇生惯养的南音一下子长大了。

三

手术进行了八个小时。直到下午两点，手术室的铁门才有点动静，一个端着消毒盘的医生走出来对兄妹俩说，这是从你们父亲身上割下的肿瘤，这根肋骨是手术需要，因为要找个下刀的地方。盘内的肿瘤有鸡蛋大小，那根肋骨被剔除得干干净净，泛着白光。南音打了个寒战。医生说，情况不太好，打开胸腔后才发现癌细胞有多处转移，不过汤专家把在肉眼能看到的肿瘤都用刀扫了一遍，但是有一个长在血管壁旁，那是个致命的位置，实在是无法动刀，只能这样了。顿时，南音脑子一片空白。北华也呆住了。这是他们没有预料到的结果。那个血管壁旁的肿瘤就是父亲体内的一颗定时炸弹，它的悬而无定，令人分分秒秒都生活在恐慌中。

绝望如根，开始在南音的体内蔓延。

当初最坏的估计是一到两年的存活期，以现在的情况看估计父亲也就几个月的活头了。

手术室外的走廊安静得可怕，冷气一丝丝从缝里吹来，让人觉得仿佛跌进了一个吃肉不吐骨头的魔鬼嘴里。望着窗外的树，南音眼前一阵阵发黑，她顺着墙根坐了下来，北华在她面前踱来踱去。半晌，北华叹了口气，说，还是要治啊。南音恨恨地白了北华一眼，说，当然要治，难道一个"治"字，还值得你如此费心吗？

费心？什么意思？你知道这是癌症，我的妹子，不是一两个钱的问题，而且这还是人财两空的事。

人财两空也要治，爸爸是为了我们才这样的，他还不到六十岁，他没享过我们一天的福啊。南音没有话说了，言语全变成了泪水。她从心里对北华生出恨意。如果当初他不妄自尊大，不舍弃财政饭，如果听父亲的话，不跟刘芳结婚，他会是今天这个样子吗？最起码经济不会如此紧张，对于父亲的这场灾难，他会生出些底气。更要命的是，因为他这几年的不顺利，无形中给了父亲许多的压力，父亲每每想到他，都夜不能寐。每次走亲戚，只要亲戚问到北华的情况，父亲就会说，养自己还行。或者是说，还凑合。言语急促而敏感。父亲说不定就是因为忧思过度才得的这个病。不是个栋梁之材，却还要往高处抬举自个。哼！南音头一扭就下楼了。

在 ICU 病房，父亲渡过了三天的危险期才被送到普通病房来由亲属照顾。那天张辉也来了。他是南音的男朋友，是省里一政府部门的公务员。在父亲推进来时，小伙子和北华还有病房里其他的热心人一起将父亲小心翼翼地抬到床上。父亲身上插着鼻饲管、导流管、氧气管、导尿管、镇痛棒，病服的胸部还有斑斑血迹，看这被各种橡胶管纠缠的父亲，南音心里生出一根一根的刺来。更要命的是，父亲居然是赤身裸体的，手术台上的父亲在被打了麻药后就像一只任人宰割的羔羊，被人剥得没有半点尊严。跟女人笑话都不讲一个的父亲，比女人还要讲节操的父亲，此时居然连私处都不知道遮掩了。南音心疼得快要窒息了。抬的时候，南音不断叫着，轻点，轻点，注意伤口，小心旁边的引流瓶，别踢到它了，慢点，慢点，还有输液管别压着了。将父亲安置好后，北华和张辉满头大汗，一面跟人家道谢，一面怒气冲冲地望向南音，三人对视半天后，不约而同地笑了。北华说，你爹不是个泥巴人儿，叫，叫，叫，叫得人三魂丢了两魂。

母亲握着父亲的手无限深情地说，泽良，朝这三个孩子一看，你还是有福气的呢。

张辉也说，伯父，你放心，没事的，我们村有个人以前也得了癌症，做了手术，都十年了，还活着，活得好好的。

南音心里一炸，厉声呵斥男友，别说了！她忘了跟他交代要向父亲隐瞒病情。如今全完了，刚下手术台的父亲怎么经得住真相的打击呢。南音恨不得撕了眼前这个王八蛋。一家人的目光都投向父亲。可是父亲很平静，闭着眼，均匀地呼吸着鼻孔里插着的氧气。

父亲一定是心如死灰，绝望透了。

滚！你给我滚！南音推向张辉。

住手！父亲说话了，尽管语气微弱，却充满愤怒。你能不能讲点道理，人家张辉有什么错，我早就知道是癌症，你妈拿回来的转诊单上写得明明白白，我都看见了。

爸。南音没想到父亲如此沉得住气。

音子。父亲的语气软了下来，说，我跟你说，你以后不能再这样对张辉了，你以后还要指望他呢！转头又向张辉说，你千万不要放在心上，跟她谈了几年，她的脾气你也清楚，心不坏，就是嘴狠了些。张辉说，我知道，她也是太担心您了，我理解的。

好，好，我当初没有看走眼。父亲显得很欣慰。他对音子说，音子，好男人不多了，你要好好珍惜。音子点点头，心里却一片苦涩，冰雪聪明的她，如何不懂得父亲的良苦用心，父亲这是在帮她抓住张辉的心。南音知道，她是父亲人生的最后一个任务，当初是打算把北华的事儿处理好后就嫁女儿的。南音总赖着不嫁，说，嫁人了就要学会操心，再怎么也没有在爹妈身边散淡。父亲就依着她说，不嫁，不嫁，留你在家吃老米饭。亲戚们都知道，父亲就怕南音。父亲年轻时也有些闷脾气，犟起来也是十匹马都拉不回来的，人们送他外号犟驴，哪知道南音脾气比犟驴还犟，亲戚们就把南音叫小犟驴，奶奶跟母亲心情好或者歹的时候就怜爱或者恼怒地称呼老犟驴小犟驴。现在老犟驴不那么犟了，小犟驴正犟着呢。连母亲都说，小犟驴的话是圣旨，敢不遵吗？一留就留了两年。今年，男方家都开始催了，要接媳妇过年，不能再留了。父亲与亲家商谈，说好下半年谈南音婚事的，可哪知得了这样一个绝症呢？父亲因病气短，在等待手术的那几天，父亲还曾向南音感叹，早知道这样，就不该留你，把你处理好后，我就无牵无挂了。

张辉是学校一个老师的亲戚介绍给南音的，同省不同市，当初南音根本就没瞧上他，那时南音心高得很，像仙女下凡似的，端着天大的架子。女儿没瞧上男朋友，但老丈人却瞧上女婿了。打眼一看，小伙子生得高大魁伟，天庭饱满，鼻方口阔，日后肯定能成些气候。父母时不时地敲敲边鼓，加上小伙子的穷追猛打，天天电话短信不断，一年后，南音终于拜在了张辉的牛仔裤下。父母的心总算落进了肚子里。可是如今病祸飞来，将他打倒在床。南音是能捕捉到父亲内心的担忧的，这是一个世态炎凉、说翻脸就翻脸的世界，如果男方家要变卦，父亲连半点脾气都没有。一辈子看重脸面的父亲，能忍受别人不要自己的女儿吗？南音陡然明白这是个敏感的节骨眼，她跟人家动手动脚，太认不清局势了。

父亲动了情，眼里有泪，母亲擦了又流，流了又擦。父亲说，爸爸跟妈妈这辈子是为你们俩兄妹活的，指望你们俩兄妹都好。以前总以为时间还多，不想跟你们说这些，现在你们都大了，要懂事了，父母不能跟你们一辈子。有些事要学会自己跟自己操心了。北华，你要好起来，你肩上担子重呢，有妈妈，有妹妹，将来还有孩子，要快点好起来。

爸！南音跟北华泪如雨下。父亲的这番言语有如交代后事。南音的胸口像堵了块石头，做哽的喉咙抵得嗓子眼火辣辣的痛。

南音说，爸，你别说了，你会好起来了，手术很成功，切得很干净，医生说没事了。

母亲在一旁，已是泣不成声。

四

照看病人是项体力活。经历了大手术的父亲，每天要吊十几瓶药水，日夜不停。往往第二天的药开出来了，头一天的还没打完。那么对父亲的照看就需要二十四小时不间断，白天还好说，夜晚就难熬了，病房都一片沉寂，鼾声轻匀，可是他们这里却得打起精神，时不时去盯一下输液瓶。

北华、南音、张辉还有母亲本来说好四人轮流守夜班的。但是南音对谁都不放心。母亲守吧，偌大年纪，加上身体本来就不好，多年的心脏病，一只眼睛几近失明，怎么照看得了？北华跟张辉守吧，俩大男人，哪能像女人那样过细呢？倘若打个瞌睡，错过换药时间，输液管倒抽父亲一管血来，那还了得。于是，南音买了一张行军床，支在走廊外面，眯一下，就起来看一下。连母亲都烦了，音子，你怎么这么多心呢？他是你的爸爸，可他还是我的老头呢，我还能把他外待了？你好好睡你的觉。北华说，我是后爹养的，干脆你一个人照看得了，我们都回家去。张辉说，你现在得趁着我们在这，抓紧时间睡觉，养精蓄锐，到时候我们一走，你想轻轻松松睡一觉都不成。

当时南音不以为然，仗着年轻和一腔热血就这么透支着体力。一个星期后，北华跟张辉假期结束，一东一西各奔岗位。病房里就剩下南音和母亲照顾父亲。

为了父亲的身体尽早恢复，医生叮嘱南音要保证营养的跟进。为此，南音每天都要从租住的小屋往返医院好几趟，为父亲变换着花样煲汤煮粥、炒菜做饭，一日三餐，顿顿不空。每天忙得连喝水上厕所的时间都没有。本来租住的地方到医院有直达的公交车，刚好父亲住院时，医院门前的马路遭遇大修，车在距医院大约两千多米就拐弯了。这样南音每次都得多走近两站路。

来回奔波加日夜看护，南音的身体渐渐吃不消了。公交车上、病床前，甚至洗衣服上厕所时，困倦都犹如潮水般汹涌来袭，坐车坐过站、煮粥煮成锅巴、煲汤漫锅将炉火扑熄那是家常便饭。有一次洗衣服打盹，头一歪，一盆污水从腰身淋到裤脚。每次南音送饭到医院时，父亲都心疼地说，不要搞这么多样数，我吃不了，看你眼睛里全是血丝。母亲就让南音到父亲脚头去趴一觉。母亲说，劳累狠了，会得病的。为了不吵醒她，父亲躺在床上尽量不动，有几次腿麻了，父亲都是咬牙忍着，南音知道后，就再也不敢在父亲床边睡觉了。

尽管有伤口，有疼痛，有无尽的忧愁，但因为南音，病房里总是充满着欢声笑语，她总是想方设法寻找一切开心的道具来驱散头上的阴霾。比方母亲账本上的错别字，就令南音跟父亲笑了好几天。母亲文化不高，只读了一年书，后来村子里扫盲，给母亲发的一张考卷里最后一题是用"恍然大悟"造句，那时北华读小学四年级，南音才读学前班，两兄妹蹲在母亲的旁边，抓耳挠腮替母亲思考。北华说，每次遇到不会写的作业，只要爸爸一讲，我就恍然大悟了！南音说，妈妈，我们家的牛前几天恍然大悟地死了。南音的童趣令母亲和哥哥肚子都笑疼了。

这次，南音发现母亲的账本上写着：西饭，0.5元，抄米粉，2元，童子骨，5元，牙高，2元。南音说给父亲听，说，爸爸，你每天吃的饭是妈妈从西边端来的，米粉是抄来的，骨头是婴儿的，您现在牙齿也长高了。说着递给父亲看，父亲哈哈大笑。母亲也不计较，看着父女俩这么开心，母亲很乐意做这样的笑料。母亲说，记个账嘛，只要看得懂就行，你家婆那个时候还用土疙瘩记账呢，旁人更看不懂。更绝的是，母亲还写了个"父子，5元"。南音拿给母亲看，说，什么叫父子？母亲理直气壮地回答，就是洗脸的。顿时南音喷饭，床上的父亲也笑得直咳嗽。邻床的病人跟家属也跟着乐呵。

在母女二人精心的照顾下，插在父亲身上的引流管在一根

170

根地减少。半个月后，父亲就基本能下床上厕所了。期间不少亲戚和父亲学校的同事来看望他。当询问起手术过程时，父亲便很慷慨地撩起衣服，将那道弯曲如蜈蚣一样的刀口展示出来。父亲说，动手术时不疼，我醒后一看墙上的钟指着八，我说，怎么还没动手术啊？护士说，早就动完了，都一夜了。南音父亲的做法像是在博取众人的同情，但又好像是在表现自己的英勇与坚强。南音忽然觉得父亲很矫情，他的一举一动都出卖了他内心的脆弱。

有那么一刻，南音觉得父亲就像是自己的孩子，父亲的无助与柔软不断激发南音身上的母性，令南音生出一种天阔地空、舍我其谁的使命感。

不顾一切要救活父亲是南音心无杂念的思想。

五

一期化疗结束后，南音将父母安置在了自己租住的房子里，因为十天后，父亲将要接受第二期的化疗。往后还有第三期、第四期。对于患了癌症的病人来说，是生命不息，化疗不止。

父亲一到屋就开始翻箱倒柜找东西。他将自己的转诊单、医疗单、医嘱单、药费单和各种检查单以及自己的病历包扎在一个牛皮信封里。父亲将这些交给南音，说，音子，你拿这些回县城一趟，到医保局去把钱报回来，这往后，还不知道要多少钱治呢。

你操这个心干什么，你现在只要管好自己就行了，管自己吃好喝好，在这个家里，您现在就是太上皇，我们都是伺候您的奴才。

你个小杂种。父亲"呵呵"地笑。南音现在就喜欢逗父亲笑，她觉得父亲的笑像太阳一样能涤荡所有的阴霾，能给予她向前冲向前闯的巨大动力。

快去，早点回来。

喳。南音将牛皮信封揣在包里，换了套衣服，又拿起梳子左右两边梳了几下，就出门了。

注意安全！母亲在门口猛地喊了一句。

南音是九点半到的县城医保局，可是办公室里没有一个人，经打听才知道在开会。南音只得坐在办公室里干等。这期间单位马副总编打了电话来，说，小李，你怎么搞的？土地局那么大的事，你怎么给漏了，电视台、日报、周刊、商报、都市报都报道了，就我们报没有，这是重大的失误，我们几个总编已经开会了，这个月要扣你十分。

十分！南音叫了起来。一分四十块，十分四百块啊。南音顿时肉痛。

十分怎么啦？不光要扣十分，你还要写份检讨。

是、是、是，下次我一定注意，一定注意。挂了电话，南音冲下楼，赶紧在外面的报摊买了份都市报，原来土地局弄了个"守住十八亿亩耕地红线"的宣传活动，这样的宣传活动土地局年年都搞，只是年年花样不同而已。比方，昨天，土地局就在广场上组织了两三百号人骑着摩托车，车屁股后面插根旗帜，写着"十八亿亩耕地，一亩都不能少！"然后绕城一周。因为场面浩大，成了不少报纸的头版，有的甚至是头条。

他娘的！南音心里骂了一句。掏出电话便给土地局办公室主任打电话，半嗔半笑地说，肖主任啊，您太不够意思啦！你们单位这么大的事儿也不通知我一下。

小李，你还好意思兴师问罪，我知道你这段时间忙，我可是亲自带刀捉笔把稿子按你们晚报风格写好了发你邮箱里面的，你倒好，今天别的报纸都报道了，就你们报纸没有，我们局长今天还把我批了一通呢。

南音一下哑口了，赶紧卑躬屈膝地给人道歉，"对不起"一口气连说了十几个。最后南音说，等我下次登门，亲自向主任道歉。

不敢哟！我的李大记者。

这句"李大记者"语气里夹着的讽刺与轻慢，令南音"腾"一下红了脸。蓦地为自己的职业生出些许厌烦。记者，人前的身份多么光耀，但是背后却如此卑微。同事小周常发感叹，无冕之王，啊呸，冕都没有，算狗屁王！

南音摇摇头，不去想了。看看手机，都已经十一点多了，赶紧丢下报纸过马路直冲医保局四楼，办公室还是空无一人，会议室也没有了人，已经散会了啊。向清洁工打听，说下班了。南音问，这才十一点半怎么就下班了呢？清洁工笑了笑问，你不是本地的吧。南音无语了。她不是本地的，她不知道这儿的办公作风，不知道这儿的规矩。

看着对面楼上的巨大毛体横幅"做人民的好公仆"，南音觉得很戏剧。"公仆"，这哪是一仆人的态度，比老佛爷的架子还大。哪有这样的"仆"？主子来了连影都没有的？南音一拳拍在铁栏杆上，那一刻，她终于体会到，为什么古时候那么多愤世嫉俗的诗人骚客都热衷于"把栏杆拍遍"呢。

在门外蹲了两个多小时，才迎来下午的上班时刻。一个挺着大肚子的中年男人向办公室走来，一看南音就知道她是来干什么的，问了句，手续都全了吧。南音说，全了。中年男子打开牛皮信封看了看说，这转诊到市医院的只能按百分之七十的比例报销。

百分之七十？南音满是不解，说，不是报百分之九十吗？

在县医院才有这么高的比例，你这是在市医院，如果是在省里，那只能报百分之六十呢！

174

不是。南音都不知道说什么了，她说，我父亲这是癌症，在县医院不能治啊？难道这看病也还要地方保护主义啊。

你怎么说话的？什么叫地方保护主义？县里就这个政策，又不是针对你一个人。这时门外来了三四个人，都跟南音一样手里握着厚厚的医疗单和各种医疗证明。中年男人将南音的资料往边上一推说，你想好了再来报。下一个。

南音气得肺都要爆炸了，如果手边上有个榔头，她真想学那个马加爵一锤子给他砸去。南音只得在边上等。

听得出这个穿着讲究的妖艳女子是县里某局长的亲戚。中年男子接待得很热情。问，你嫂子的病怎么样了？

肝癌都晚期了还能怎么样，治也是个死，不治也是个死。

不是说在省同济医院吗？

同济医院，就是中南海办的医院又怎么样，治病不能治命啊。

哎，现在怎么动不动就是癌啊。

然后，南音就亲眼看见那个中年男子在旁边的报销比例百分之九十上勾了下。妖艳女子和中年男子彼此还心照不宣地微笑了一下。

南音看得直恶心，但是有什么办法，他们家又没有当局长的亲戚。南音暗地里用眼光狠狠瞪了这个中年男子，说，百分之七十就百分之七十吧。

中年男子点燃烟，拿起南音的医疗单"嘭嘭嘭"连盖了几章。又问，你父亲是几几年的。

五〇年的。

那还不满六十啊。说着拿出一个纸盒子交给南音，说，从这里把你父亲的医疗卡找出来。

南音低头找父亲的医疗卡时，心里满是酸楚。是啊，父亲还如此年轻，才五十八岁，差两年就可以退休安享晚年了，并且教育战线上刚刚涨了工资，父亲两千三百块的工资才领了一个月居然就生出这个病来。父亲，你怎么如此的福薄命浅呢？

加起来近八万多的医疗费最后报了五万多块。加上请同济专家开刀的那五千和一些营养品开支，南音算了算，短短半个月他们自己贴出去的已近三万块钱了。

这五万块钱能将父亲的生命维持多久？

南音仰着脸，努力不让泪流下来。

到指定的银行取出这笔钱时，南音突然恐慌起来。不会有人盯梢吧。南音觉得周围所有人的眼光都在盯着她面前的钞票。不清点了。南音将大隔层的东西迅速转移到口袋里，将那五万块一股脑抹向包里，拉链一拉，鼓鼓囊囊的。

门外几个蹲点的摩的，见她出来都朝她按喇叭。南音理都没理低着头大步朝前走，往人潮密集的大路上走。她将包死死地抱在胸前。这可是父亲的救命钱，也是父亲一生的积蓄，不能出半点差池。南音暗自下定决心，人在钱在，人不在了钱也要在。

买票上车了，南音特地选在司机旁边的座位坐下。一坐下，南音就生出强烈的尿意。这时已经有很多人上车了，她如果一离开，这个最安全的位置就不保，何况带这么多钱上厕所也不安全呢，说不定不远处就有人在盯着自己。憋着！

下车后，南音都有点站不稳了，身上的线衣线裤连鞋垫全都汗湿透了。拼着最后一点力气，她冲上前拦了的士。到家后，她将胸前的包扔在父亲脚上，当着父亲的面就解了裤子拉链向厕所奔去。蹲下后，南音猛然发现自己脸上满是热泪。

六

在第二期化疗刚刚开始时，父亲就隐隐觉得右腿酸疼。因为父亲年轻时有坐骨神经痛的老毛病，谁都没在意。想着可能是着凉了，南音特地买了热水袋给父亲敷。似乎好转了两天，但是第三天却更疼了。

一天，南音陪父亲散步，发现街上有家膏药冯的店子，看见海报上说有种膏药是祖传秘方，止痛效果非常好。南音父亲信步走上前去张口就问人要五盒。南音说，爸，你这病症都没弄清楚呢，买那么多干什么？父亲说，这是关节痛，我清楚的。堂里坐诊的医生走下来，对父亲说，来，您让我瞧瞧。父亲乖乖地坐在医生旁边，看舌苔，摸脉象。完后，医生问，你腿上哪个地方疼？父亲指了指右腿的膝盖处。那医生拿了个镊子在父亲手指的方位敲了敲，说，就这儿？父亲疼得倒抽一口凉气，点点头说，是。南音在一旁看得火冒三丈，她一把夺过医生的镊子往地上一掷，说，敲什么敲，他都给你指地方了，你还敲，你会不会看病？

你这姑娘怎么这么不讲道理？我不把疼痛的位置弄准，我怎么对症下药？

她是小孩子，别跟她一般见识。父亲给医生赔着笑脸，转头又对南音说，你脾气也太大了，医生给我看病，你又不懂，瞎嚷嚷什么？

父亲也跟着医生一起埋怨她。南音觉得有些委屈。父亲自患病以来，就对医生有了种深厚的依赖感，他对医生的话是言听计从，屈意迎合，从不敢忤逆医生的言语，他得罪谁都不敢得罪医生，他对医生甚至是对护士都尽力讨好。有一次，姑姑来看他，给南音带了她们树上刚成熟的米枣，那是南音最爱吃的，才尝了一颗，刚好护士长过来换针，父亲顺手就将那袋米枣送给了护士长。连母亲都觉得父亲的做法有些过分，当场埋怨道，你怎么把孩子喜欢的东西给别人呢？好歹你也该给她留几个。但是南音心中是理解父亲的。父亲的做法带着赤裸裸的巴结。这巴结里充满了一个求字，他在求医生对自己生命的全力呵护。父亲是强烈地惧怕死亡的。虽然理解，但是南音心里还是有些疙瘩。并且父亲如此强烈的求生欲望，隐隐也让南音有了些说不清道不明的压力。

一盒膏药三十块钱，原来只打算买五盒的，父亲最后竟买了十盒。南音企图阻止时，父亲还有些不耐烦地推开了南音。三百块钱就这样落入了那个江湖郎中的口袋。可是，因为是自己的父亲，南音一点脾气也没有。

十盒膏药贴完后，父亲的疼痛一点好转都没有，反倒加剧了。

父亲躺在床上叫唤，去给我买芬必得，我这疼得无法忍受。

你别瞎吃药了。南音吼了句，转而又轻声地安抚说，爸，你别自己给自己当医生了，我今天下午抽空去医院问下您的主治医生，看他是个什么态度，反正后天您就要进行二期化疗了。

下午，南音去报社交完稿，向小周借了辆电动车直接飙到了医院。

南音将父亲的这种症状说给医生听，医生沉吟了片刻说，怕是不好的征兆啊！

怎么讲？

百分之九十可能是转移了。你父亲的病情正在恶化。

转移？也就是扩散。这是南音没有预料到的结果。难道父亲血管壁旁那个没切掉的肿瘤这么快就发威了？连潜伏期都没有。

一切都来得太快了，令南音猝不及防。如沙滩上的海草，还没有来得及在上一个浪头中直起根茎，下一个浪头猛地就打过来了。南音的气在一点点往外泄，这些天，她觉得她就在跟死神打仗，她带着满满的希望与热情拼命把父亲往生里拽，可是死神却四两拨千斤地把父亲往死里扯。

南音没有一点主意。下一步该怎么办？她身边连个商量的人都没有。母亲虽然也知道父亲的病是绝症，可是母亲从内心深处是拒绝这样的现实的。到现在了，母亲都还对医生的诊断存在怀疑。母亲现在比父亲还要反感"死"字，只要父亲焦虑不安时，她就会说，泽良，你别多心，不会有事的。我向你保证，你看你年轻时坐骨神经痛，都瘫在床上了，别人都说你好不了了，我偏把你给伺候好了，还有那年你肾结石，疼得，不也是快要死了吗，也是我把你伺候好的，这次，我就不信，我把你伺候不好。母亲这样的鼓励给了父亲很大的信心。这是好的现象。南音肯定不能把转移和恶化这样的事情说与母亲听，这样不等于是在给母亲泼冷水吗？

南音给北华打了电话。南音说，爸爸这段时间腿疼，膏药贴了十几付没有好转，医生估计是癌细胞转移了。北华许久没有作声，一开口便是沉重的叹息，北华说，其实那天说肿瘤没切干净，我就想到这个了，只是没想到会来得这么快。音子，别哭，哥知道你一个人压力大，爸得了这样的病，妈身体又不好也帮不了你什么，哥这几年也没混出什么名堂，我现在在留心别的职位，如果有薪水高的，我就跳槽，多挣钱，也给你跟爸壮壮胆。

别！南音大声地阻止哥哥。对于工作，南音跟父亲一样的观念，不要心高想心高，有了一个单位，就认认真真做，扎下根来，从一而终，跳来跳去，最终只会一事无成。北华好不容易在上海找了个正规点的大公司，虽然目前薪水不高，但是发展空间还是挺大的。北华需要稳定下来了，不能再漂了。南音说，你别总想着跳槽，暂时还不缺钱，爸有医保，你别担心，你就老老实实干着。

那行吧。北华有些无奈。自己对于工作和人生的想法他永远都没法跟父亲和妹妹达成共识，他们总劝他说井是一锹一锹挖出来的，可从他目前的处境来看，他急需要一口吃成个大胖子。

挂了北华的电话，手机上就来了条短信，是张辉的，他说，亲爱的，爸爸身体怎么样了？我这几天陪领导检查，在一乡下的山上发现了一种植物，当地人说可以治疗癌症，我扯了很多，都晒干了，等过些日子我就送过来。

自父亲生病后，南音就无暇顾及张辉了，每次张辉发信息不回，打电话讲不了几句就匆匆挂断，逢到心情不好时，还会对他大吼大叫。南音忙，忙着照顾父亲，忙着做家务，忙着工作，她实在是没有心情谈情说爱。偶尔想起，心里也略有愧疚，好在张辉也没计较什么，想到什么好的建议和好的药方都发短信过来。南音想，张辉，应该算是她背后的一个支柱吧。忽然，南音生出些感动。为什么不能让自己的恋人来为自己分担些痛苦呢？给张辉回了条信息，爸爸身体不好，癌细胞扩散。很快张辉就回复过来，说，别担心，有我呢！

七

医生将南音父亲的 CT 片往灯板上一贴，说，你看看，这个小黑点就是个病灶，这里还有，果真是转移。第二期的化疗要加大剂量。

父亲依然叫着腿痛，而南音却不知道用什么话来回答。母亲也问，音子，你上次问了医生，医生怎么说的？南音说，医生说疼很正常，都是这样的。

父亲忽然很机警地问了一句，音子，跟爸说实话，可别瞒我，是不是没救了？是不是到了晚期？都说癌症病人到了晚期就会疼的。

不是的！南音急忙拦住父亲，心尖像是被什么利器给刮了一般，锐疼。眼眶有些湿润，南音低着头说，打了那么多药下去了，药跟癌细胞做斗争，身体总是要有反映的。这是好现象啊。

父亲就没再作声了，躺在病床上，眼睛望着天花板。像是听信了南音的话又像是没听信但又认命的样子。这可是昔日里雄赳赳气昂昂的父亲啊，打个哈哈隔三里地都能听见，可如今就像田地里遭霜打的茄苗一样，绵软无力。父亲一直盼望早点退休，因为他有许多许多的愿望要等退休后才能着手。比方修缮老家的房子，父亲连图纸都画好了，前院种桃树后院植桂花树，连苗子都请人散种在院里了。每次给奶奶上坟路过老家，父亲就会对两个儿女说，再过十年，这些桃树跟桂树就可以受益了。北华还曾逗父亲说，可不，到时候，孙子外孙都能上树摘桃了。父亲哈哈大笑。比方父亲还想在村中设一个书法教学班，让村里孩子们放了学后来他这里学习写大字，不收任何费用，为此父亲早早就存好了满满几大箱子的毛边纸。一想到退休以后有这么多事情等着他去做，父亲浑身上下都充满着精神头。谁料想会生这场该死的病呢？这病仿佛一记闷棍狠狠击中了父亲最要命的地方，所有的想法和愿望随之土崩瓦解。

　　每次提着保温桶走向住院部三楼的肿瘤科时，南音的头皮就一阵阵发麻，从 305 病房传出来的呕吐声像梭镖一样直抵南音的耳膜，然后一刀刀落在南音的心里。此时的南音就觉得体内仿佛有千万只蚂蚁在爬一样，处处不自在，却又无从抓挠。南音抱着保温桶立在离父亲不远处的服务台边上。等父亲好些后，南音才装着刚刚到的样子走进病房。病房里就父亲一个人，南音问，妈呢？父亲扬起手，指指后边说，在洗衣服。南音撩起帘子发现母亲其实并没有洗衣服，水龙头的水"哗哗"地干流着，而母亲则靠着墙边默默哭泣。

　　南音拧住水龙头问，怎么了，妈？

　　母亲擤了一把鼻涕，压着嗓子低低地说，我实在是见不得你爸爸那样，我心里难受，如果这病能替，我真想替他一肩挑了，可是又替不了。

　　南音将母亲轻轻抱在怀里，她不知道该用怎样的话来宽慰自己的母亲。父亲的痛苦就像钝刀子拉肉，令身边的亲人也饱受折磨。而日日陪伴在父亲病床前的母亲对于这样的折磨无处躲闪，她只能以这样的回避让自己稍微眼不见为净。

　　从保温桶里倒出来的甲鱼汤，喝下去不到一刻钟，父亲就全部吐出来了。南音还想逼父亲再喝一口。父亲摆摆手说，快拿走，快拿走。南音将心沉了沉，端了保温桶逃也似的出了病房。

走在大街上，南音也没有觉得轻松多少。她觉得胸口总像有什么东西堵着一样，憋得人连呼吸都不顺畅。

下午去报社，往计分栏前一站，南音更觉得上气接不了下气。自己这个月只有二十分，并且其中还被扣了十分，又是整个报社的倒数第一。这个报社的记者写稿打分，然后以分计酬，按一分四十块算。也就是说南音这个月的工资只有四百块。

四百块。南音顿觉身躯一片寒凉。自父亲生病以来，南音上班就成了三天打鱼两天晒网。上次开会社长说了，如果连续三次计分排后，记者将被调离岗位到发行部领自行车穿小马甲走街串巷卖报纸去。她离那个下场不远了。

在这个单位，南音跟小周还算是个新人，她们跑的所有条线都是老记者跑不动也不愿跑的。她刚来时，报社老总开了个会说，记者部来了两个新同事，小李跟小周，你们老记者发扬风格，每人抽一条线分给她们。分到南音手里的是审计局、统计局、园林局。散会后，小周暗地里发牢骚说，他娘的，这叫什么线，比鸡肋都不如，还鼓励我们把冷线跑热，真能跑热，那些老记者们不早就跑热了？还让不让人活了，干脆把我们饿死算了。

南音没有多少怨言，虽然她知道这很不公平，但条线就是记者吃饭的生计，谁愿意把肉分出来，把骨头留给自己呢？来这上班时，父亲就叮嘱过南音，生鸡总要被啄的。南音早已做好了被啄的思想准备。第二天去拜访线上单位，才知道这些单位确实不盛产新闻。审计局一年到头都没审计出哪个单位存在经费问题，貌似所有单位的财政开销都是合乎规范的。南音不明白，既然财政开销没有纰漏，那这么多的贪官是怎么来的？但是审计局的办公室主任还是热情地邀请了南音，明天局退休职工有个乒乓球比赛，要不要过来玩玩。南音说，争取过来吧。统计局倒是有稿子可写，但一个月也就一篇，主要是当地居民的各项消费指数，说到底也就是每个月的GDP和恩格尔系数。园林局更糟糕，办公室主任说了，每年入冬时，他们会给全市所有的行道树刷波尔多液，入夏时会给树喷农药，到时一定喊李记者过来报道。

后来的烟草局跟土地局还是一位女记者怀孕后实在兼顾不了才施舍给她的，也不算特别好的条线。可是总编却有了话头，这么多的线，怎么就跑不出稿子来？南音心里想，这么多线抵不过人家一个交通局、公安局，隔三岔五就是个大案、要案。她这么多条线，搞死了也就只能充个花边新闻。

但是为了分，南音只得每天骑车满城里转。李家的八哥会讲话，张家的铁树开了花，王家八个月的小婴儿能手提两公斤的物体，乡下赵家挖了个笸箕大的红薯。这样的新闻像田地里刚拔出来的萝卜一样，带着泥土的气息，新鲜有趣。南音倒是一采一个准。虽然这样的新闻比线上的新闻要多花精力，但是南音更喜欢这样，采访无拘无束的，配上照片，老少皆宜，大家都爱看，没有厚重感就没有厚重感吧，只要读者喜欢自己还能多挣分就行。南音还真靠了这样的稿件才使得自己的分一直比上不足比下有余地挂在中间靠上的位置。可是因为要照顾到父亲，南音真是抽不出太多时间出去跑，她能保证自己线上的新闻不漏就 OK 了。

可是如果这样的局面再不扭转过来，那她下个月岂不是真的要去发行部卖报纸了？可是出去跑新闻，父亲又怎么办呢？谁给他做饭？

南音立在计分栏前一动也不动，她不知道自己该怎么办。

此时，报社忽然一阵喧哗。不知何时，偌大的办公室里站满了一群少男少女。记者部主任走了过来说，各位记者，这是城南大学的大四学生，来咱这实习，每个记者都要带一个。

实习生？南音心里动了一下。猛地叫了句，曹主任，我先挑。还没等曹主任点头，南音就径直走向人群，挑了个女孩子，南音觉得这个女孩子眼神活络，很精明的样子。曹主任也不好说什么，只得由她。

往电脑边上一坐。南音问实习生，叫什么名字，怎么称呼。

女生说，叫我小林吧。

小林，我姓李。我没有多少时间跟你细说，你现在拿纸笔记一下。南音打开电脑，将鼠标点在桌面上，说，这个是我们报社的采编软件，你们写稿首先要进入这个平台，用户名是LNY，密码是114119，记住没有？

记住了，李老师。

新闻没有固定的笔法，就是叙述一件事情，把一件事情的来龙去脉讲清楚就行了，不高深。但有五个约定俗成的东西，可以称为新闻公式，你一定要记住，就是五个 W，何人、何地、何时、何事、何因。

记住没有？

记住了，李老师。

另外一点非常重要，新闻一定要真实，不能虚假，假的东西永远也不能叫新闻，它只能叫故事。还有，新闻事件永远不要带记者个人的感情色彩和主观意识，对于任何事情你们只能倾听和表达群众的心声，因为记者是事件的记录者不是评论家，明白吗？

明白了。

好，另外一点也很重要。你有自行车吗？

有。

嗯，非常好，现在就跟我出去，我带你去找新闻。

两辆自行车在宽阔的马路上飞速行驶。南音大声地对旁边的小林说，生活中处处都有新闻，只是缺少发现新闻的眼睛。知道吗？

知道。小林问，老师，实习生实习完了能进你们报社吗？

什么？

没什么。

……

八

实习生的到来确实给南音减轻了不少担子，她现在可以抽出大量的时间来照顾父亲。每天清早她给父亲蒸好鸡蛋，冲好牛奶乘公交给父亲送去，然后在病房中给实习生打电话，安排她今天到哪个线上去走动一下，有新闻就采新闻，没新闻坐一下联络感情，完后骑着车到菜市场到偏僻小巷到城郊接合部去找新闻。实习生小林还真不错，发现了不少新鲜事，每天的报纸都有两到三篇小稿，什么蔬菜涨价市民挖了行道树在绿化带里种葱蒜，什么某女子开车撞了人还口出狂言说自己是某领导的亲戚等。其间不少新闻，在南音的指点下还做大了。

父亲虽然很乐意女儿陪伴在自己身边，但父亲有父亲的担心。每次南音打电话，父亲都要在一旁提醒，叫她们小心点，车不要骑快了，过马路左右看一下，不要跑远了。

南音还不耐烦，说，知道了，啰唆，一天到晚，哪有那么多的不安全，要想安全，干脆别出来了，可有时候就算坐家里，灾祸还指不定什么时候就来了呢。

父亲说，人家一个女孩子，要是真出了事，你脱得了干系吗？我是为你担心。

还真是祸不单行，实习生没出事，母亲出了事。母亲出门给父亲打开水，在走道那儿摔了一跤，当场就爬不起来了。南音听到声音出门一看，就知道母亲的腿完了。南音低头一看，地上有块香蕉皮。南音将香蕉皮捏在手里气得咬牙切齿，她对母亲说，你先别动，我去找医院算账。他娘的。

别去。母亲一把抱住南音的腿，又急又恨地说，那块香蕉皮是我刚丢的，大的我都甩垃圾箱里了，这块小，我眼睛不好，没看见。

南音气得一脚将那个垃圾桶踢出好几米远。今年究竟是犯了哪个太岁星，怎么所有的倒霉事都赶趟儿似的朝她这里涌。背着母亲往门诊部赶时，南音心里满是凄楚。眼泪直流到嘴巴里。什么叫雪上加霜，什么叫强风专打下水船，什么叫屋漏偏遭连夜雨。这就是啊，这就是。

CT片出来了，膝盖骨骨折。需要马上到住院部打石膏复位。南音不知道母亲这个事要花多少钱。母亲住院不比父亲，母亲没有医保，所有开销都要个人承担。而父亲的钱是一天比一天减少，这几个月来，南音上班存的六千块钱已经花完了，每个月的工资也是一分不剩都花在了父亲身上，每一天钱就像流水一样，挡都挡不住。往菜场超市一去就是一百多，土母鸡、甲鱼、红参、牛奶等，不买不行，必须要保证饮食的营养。二期化疗已经填进去三万多了，除去各项生活开支，现在南音手里只有一万多块钱，往后怎么办？何况伤筋动骨一百天啊，花钱都不说了，一下两个病人，怎么照顾得来？南音长长地叹了一口气。将母亲送到骨科后，南音下来给母亲拿东西。此后母亲就要住在住院部的五楼了。

张辉来了，是刚到的。他正拉开包给父亲拿东西。伯父，这就是我给您在山上扯的那种治病的草。南音父亲拿起来一看笑了笑。南音走了进来，说，你来啦，也不提前打个电话。张辉说，又不是外人打什么电话，我是专程来看伯父的，又不是来看你的。南音将那包东西拿过来看了看，也笑了。说，这就是你给爸扯的药啊。李家是中医世家，南音爷爷在世时，父亲还曾学过几年的中医，后来爷爷去世，父亲弃医从教，但是这份情结还在，小的时候南音跟父亲一道走路，父亲就会指着路边的花花草草教南音辨认药材。南音说，这是败酱草，路边一扯一大把，夏天的时候清火最好了。

哟，我哪知道啊，我还以为是得了灵丹妙药呢。说着准备丢垃圾桶。南音忙阻止，别丢啊，好歹也是药，我没事泡着喝。

那是，你那火，还真得让这草败败。

张辉继续给南音父亲拿东西。一个包装精美的礼品盒，一看就价值不菲。张辉说，伯父，这是正宗的野灵芝，你们这种病人吃最好了，我问过医生了，说这是好东西，可以提高你们的免疫能力，并且还有辅助治疗的作用。

父亲陡然就变了脸，正色道，张辉，这东西我不要，谁送给你的你还给谁，可不能走歪道啊。

哎哟，您说哪儿去了，我才多大点啊，还没混到让别人来送礼的那一步，您放心，这是我特地托杭州的同学在胡庆余堂买的，干净的，是我的孝心。

父亲这才收下，但嘴里还是叮嘱张辉，你啊，将来肯定是走从政这条路，不管将来到多大的级别，握多大的权，一定不能犯糊涂，不要拿群众一针一线，不管是哪朝哪代，老百姓最恨的是贪官啊。

我知道，伯父，我不会犯低级错误的。张辉对眼前的伯父是打心眼里敬重。四周环顾了一下，张辉问南音，咦，伯母呢？

哎，刚一块香蕉皮害得她摔骨折了，现在五楼骨科，医生要求住院，我这不下来拿东西的吗。

张辉愣了一下。说，伯母摔得严重不？

膝盖骨骨折。

我的意思是别住院，住院耗钱。骨头折了找个内行点的人复位然后绑石膏固定静养几个月，这种保守疗法效果也不错，价格也便宜，住个院至少五千块要花的。现在钱要用在刀刃上，伯父的病是最要紧的。

张辉的话说到了南音的心坎上。是的，母亲的伤再怎么严重毕竟要不了命，如果有更便宜的治疗方案，肯定是好的。他们家花不起冤枉钱了，所有的钱都要为父亲的病让道。只是这样做是不是有点亏欠母亲呢？如果是因为贪这点便宜让母亲不能痊愈或是落下败象，那到时候可就悔不转来了。

张辉说，不要紧的，伯母只要复位复好了，静养几个月康复是完全没有问题的，伯父前几年不也是被车撞断了腿吗，保守疗法，也没落下残疾嘛。

张辉把南音拉出病房外说道，南音，你不要多想，伯母现在就算我们亏欠了她，可是往后的日子还长，我们还有机会来弥补来偿还，可是伯父，就没有太多往后了，钱如果不紧着点用，伯父的治疗一停，那就是要活活等死的呀。

南音再次感觉自己的喉咙像被什么哽住了一般。她含泪说道，妈还在楼上，怎么办？

我去把妈背下来，我来的时候看到街边上有个接骨的小门诊，我们到那儿去给妈看。

到了五楼，南音看见母亲一个人在病房，床下一大堆绷带和两块木板。母亲一看见南音就说，音子在这住院贵呢，我刚问了，说要五六千，还要在骨头里打什么钢钉，医生把东西都带来了说要给我绑，我没让，我说等你来了再说。南音轻声说，我们出去治。母亲心领神会点了点头。然后张辉弯下腰将宽阔的背和一双手递给母亲。

在母亲身后，南音的眼泪悄悄地往下流。是她的无能让母亲受了伤却不能得到最好的治疗。

在外面门诊里，医生收了三百块钱就将南音母亲的腿给固定好了。另外医生还开了几付中药，说，这个药是活血化瘀消炎止痛的，吃完了要及时来拿，只要绷带不松，三个月复原是完全没有问题的。

将母亲安顿在屋里后，南音赶紧到菜场去买菜。张辉晚上七点要坐车赶到省城。晚上南音的菜做得比较丰盛，全是按张辉的胃口做的。张辉说，你现在可不能就着我，你这碗碗都是辣的，伯父伯母怎么吃。

我给他们单独留了，你吃吧。在张辉面前南音从来不懂温柔，似乎还喜欢跟他作对，他喜欢这样，她偏那样。比方他喜欢吃辣，平日里她偏做清淡的，就不顺他的意。还道理一套套，说，我就这样的个性，无论什么事就喜欢争个赢头，你婚前就得适应我，要不然咱俩日后走到一起光吵架。张辉有时候气得双脚直跳，说，你是什么人啦！要貌没貌，要身材没身材，还一天到晚拽不拉叽的。南音得瑟地说，那你把我开了咯。张辉耷拉着头恨恨地说，我前世欠了你的。

可是今晚南音突然就对张辉温情起来，她特地买了小红椒，做了他最爱吃的农家小炒肉。看着眼前这个男人大快朵颐，额头冒汗，南音头一次生出别样的幸福滋味。

等母亲吃完后，南音给母亲递了杯水。然后提着保温桶跟张辉一道出了门。在马路上分别时，张辉一把握住南音的手说，音子，我现在觉得你成熟了。

老了吗？

不是那个意思，不过无论你多老，我对你的心都不会变。

公交车来了，南音对张辉说了句，路上注意安全，到了报个平安。然后转身上了车，拉开包找公交卡时，南音发现包里有三千块钱。这时手机震动了一下，是张辉的短信，他说，钱给伯母治病。

南音的眼里顿时就有了泪水。

九

二期化疗结束了。南音再次捏着各种手续清单到县城医保局报销。这次又碰上了那个妖艳女子。南音再次觉得恶心。不是说在省城治疗只能报百分之六十吗，可人家却是按百分之九十报的，政策在别人那里不是政策，在她这里就政策了。南音在一旁气呼呼地等候。不料妖艳女子掉头问道，咦，你不是中心医院的那个姓李的女孩吗？南音说，怎么？妖艳女子说，我姓杨，我嫂子上个星期从同济转回市中心医院了，就在你父亲病房的隔壁。南音没有说话。杨女郎又说，上次我嫂子去厕所时昏倒了，还是你帮忙背到病房的呢，当时我缴费去了，回来后我嫂子跟我说的，医生说幸亏发现及时，不然人就过去了。

哦。南音淡淡回应了一下。说，怎么从同济转回来了？

哎，反正也治不好了，何必待那浪费钱呢，离家又远，亲戚们探望也不方便。

轮到南音报销了。杨女郎有些热心，看了看四下里等着报销的人群，低声问南音，你父亲是按什么比例报的？南音说，市里医院，按百分之七十报的。杨女郎笑了笑，又拐了拐中年男子的胳膊说，刘主任，这是我刚认下的妹子，你多关照。中年男子摇了摇笔，说，你这可让我为难了。女子说，你板眼比孙猴子还多，有什么难？中年男子没再说话，悄悄在百分之八十的比例上勾了一下。阿弥陀佛，比铁还硬比钢还强的政策就这么给对策了。南音赶紧朝刘主任和杨女郎道谢。虽然她的心里充满了悲凉和愤恨，但是毕竟是得了大便宜。

这次花费了四万多，按百分之八十的比例算下来，只报了三万多点。往后怎么办？到哪去弄钱啊？坐在回市里的巴士上南音生出强烈的恐慌。

回到家，父亲问，这次报了多少？

操你该操的心，你管报多少，你只管往医院的床上躺就行了。

这个小杂种，脾气怎大。父亲满含宽容的"呵呵"大笑。

母亲躺在床上说，音子这脾气跟你年轻时一个样，一句好话从她口里出来不知怎么的，就是不好听。

父亲自顾自地说，我年轻的时候也怕过一些人，到老了，谁都不怕了，现在我就怕我这一双儿女。父亲这番话透着温情与柔软，大不同于往日。南音的心里隐隐作痛，都说人之将死，其言也善，难道这是一种先兆吗？

吃过晚饭后。同事小周打电话来说，南音，你那个实习生怎么搞的，到这个时候了，还没到报社来交稿呢。另外提醒你一句，那个实习生你多留意，她好像与马总贴得很近啊。

啊？南音一听头都大了。忙给小林打电话，你在哪？

老师，我刚进市中心，我发现大新闻啦！

注意安全，快点回来。

半个小时后，小林回来了。南音劈头一句话就是，怎么那么疯，叫你不要跑远啦，我从没想到要你给我挖什么惊天新闻，安全是第一位的。

小林委屈地叫道，老师，我这是在帮你跑新闻呢。

进屋后，南音一眼看见桌上摆了一碗荷包蛋。父亲热情地招呼小林，姑娘，快，来吃，饿了吧。小林也不客气，捡了筷子就吃了起来。

把事情说说，林芝湖那儿不像是什么风水宝地啊，怎么跑那去了？南音问。

我也是凑巧去那的，听说林芝湖这几天不断有大量鱼翻塘，有人怀疑下毒。哪知道去了后才知道还有比鱼翻塘更有趣的事，盗墓，呵呵。小林说，有个村民说，盗洞挖得挺深的，里面尽是什么五色泥。

五色泥？南音惊呼。有五色泥，就意味着是古墓啊。南音赶紧掏出电话给马副总打过去。马副总说，小林已经告诉我了，你盯着，如果真有此事，这个新闻就由你们通力合作，实习生小林你带得不错，这次也让她参与吧。

挂了电话，南音挨着桌边坐了下来，她第一次仔细地看了看小林，才发现小林也是个美人，大眼睛、薄嘴唇。只是她的眼睛很深邃，让人探不到底。南音问，小林，你已经跟马总通过电话了是吧？

小林身子抖了一下，说，我当时很激动打你电话占线，我又拿不定主意就跟马总报告了，怎么？不可以吗？

没事，吃吧。南音脑子有些空，她想善意提醒小林，要她防一下马总。以前有不少女实习生临走时曾把马总发给她们的短信给老记者们看过，对于马总的花花肠子老记者私下里跟明镜似的，只是未曾说破而已。但小林越俎代庖的做法令南音有些不舒服，这是职场的忌讳。所以，话到嘴边，南音咽回去了。

考古所还是因为南音去探口风才知道林芝湖那儿还有人盗墓，还有五色土，立刻派专家去勘察。一察不要紧，居然是汉代的墓，并且规模还不算小，弄不好就是另一个马王堆。文物局当机立断，发掘，进行抢救性发掘。因为晚报有功，晚报成了此次事件最核心的媒体。而南音就责无旁贷地挑了此次报道的大梁。当记者，谁不想采访大人物，采访大事件，采访大场面啊，可巧，南音就遇上了，挖墓，想想，都那么具有诱惑力。

听说挖墓，四野八乡的人都赶过来看稀奇。现场周围拉起了警戒线，荷枪实弹的武警部队也进驻到了这里。想要进这里报道，身份必须要进行核实，实习生当然就进不来了。

那几天报社五六个版面都是关于挖墓的。什么现场、解析、花絮等，配上图片，每个人也要整个七八千字出来。键盘不停地敲击也要写到转钟一二点。每次从报社出来去车棚里推自行车，两腿都像灌了铅一样。

回到家推开门，南音就闻到一股臭味。灯绳拉了拉没反应，停电啦？可是楼道里感应灯还是亮的啊。

是南音回来了吗？父亲问。

嗯，怎么停电了啊，还这么臭。

母亲带着哭腔说，晚上做饭，坛子没气了，你爸爸就说用电磁炉炒，哪知道一插上电就没了，你爸说可能是保险丝烧断了，他说要上去给你弄，我没让他弄，如果把他再摔一下，那真就塌了天了。黑灯瞎火的又空心饿肚，我刚说准备摸一下看有没有蜡烛打火机什么的，一动把个便盆又打翻了。

南音一听心里顿时如同刀割。黑暗中，南音的眼泪如决了堤的海。但是她强忍着自己的情绪，清了清嗓子，平静地说，别动，我来弄，床头柜的抽屉里有手电筒。借着手机的光亮南音找出手电筒，然后又在下一个抽屉里找了两段保险丝。租房子的时候房东就交代了，说老房子电路有问题，经不起大功率的电器，还特地给她留了很多保险丝。南音问，用电磁炉的时候，你肯定用了别的电器吧。

父亲说，就是用电炊壶烧了壶水。

南音说，以后两千瓦的电器不能同时用。

电闸盒在客厅靠门的位置。南音口里含着手电筒，将一张椅子搭在组合柜上，然后站了上去。父亲在卧室里有气无力地叮嘱道，慢着点呢。南音的喉咙动了动，没有说话，但是眼泪却在脸上无声地汹涌。

总闸一推上去，整个房里的灯都亮了。父亲走出来给南音扶凳子。南音怕父亲看见自己的眼泪，背着身子说，你歇着去，我来煮面条。说着，南音快步疾走去了厨房，并迅速关上门。面条做好后，南音低着头将饭碗和筷子送到父母手里。

母亲说，你从小娇生惯养，亲戚们都说你不会有出息，不会成器，你现在为我们争了气了。南音从母亲红红的眼圈里看出，父母对她大踏步的成长速度，既惊喜也辛酸。

<h1 style="text-align:center">十</h1>

在挖墓现场，南音总是心神不宁的。不知道父母这会有没有吃上饭，在干什么。后来南音就跟小林打电话。她想让小林帮忙照看一下父母。小林有些不乐意。小林说，老师，马总说如果我不采访挖墓，他就要派我采访别的呢。南音只得把小林带在身边。南音心想，这大的场面你如果出点差错，我就申请不带你。南音把自己的采访证挂在小林身上，悄悄地把她接引进来。

到底是没经过大场面，面对这么多知名媒体，小林有点怯场，在挖出棺椁的那个时刻，所有媒体都拼命向前挤，抢镜头，采访工作人员。小林站在一旁动都不动。南音问，杵着干什么？小林说，老师，CCTV 的总是挤我，我笔都丢了。南音说，他挤你，你就不能挤他？南音生气了，说，大家都是记者，新闻不是让出来的，是抢出来的，你要是不能，你现在把证给我，你出去吧。

别，老师，我知道该怎么做了。

折腾了半个月，墓总算挖得差不多了，没有出现马王堆的惊喜，也就是个中等贵族的规格，当然还是有不少有价值的文物。但是因为影响太大了，新闻发布会还是要开的。

发布会定在下午四点半。南音盘算着，如果开完估计得到六点左右，然后去报社赶稿，又得弄到转钟。父亲已经开始第三期的化疗了，南音明显感到父亲消瘦了，头发已经全白了，以前很合体的衣服现在穿在身上空荡荡的。尽管穿了里三层外三层，可是父亲还是喊冷，南音用手一摸，确实满指冰凉。父亲的抵抗力在直线下降，如果不精心照顾，添上别的病，会令父亲更加痛苦。现在父亲总觉得双腿沉重，走一步都觉得有千斤重似的。

不能等到四点半了，她要早早赶完稿，去医院接父亲。因为母亲的缘故，南音要求父亲打完化疗的药后回到家里睡，这样两个人她都能照顾得到。担任新闻发言人的是管文化和宣传的汪市长。在博物馆蹲了一个中午，南音终于逮到汪市长上厕所了。南音赶紧跟到厕所里。汪市长一出来吓了一跳。南音说，我是晚报的，我想知道关于此次挖墓的一些文物具体有哪些保护措施。汪市长很生气，黑着脸说，你懂不懂规矩，四点半不是要开发布会吗？出什么风头！南音忽然觉得委屈，眼眶顿时红了。她说，对不起汪市长，我不能等到四点半，因为我的父母双双躺在病床上，他们要人照顾。汪市长考虑了片刻，最终还是将发布会上的内容提前告知了她。

收起采访本，南音朝汪市长深深鞠了一躬。

四点半的发布会原本是文化线的小罗参加的，但是临时换成了小林。南音不知道，还是小周打电话才知道的。小周说，叫你防着点，让实习生参加新闻发布会，鬼的妈都知道是怎么回事，她小林不再是你的实习生，而是我们的同事了。

凭什么？

你没看人家最近写的几篇稿件吧，人家压根就没带你的名字。你不在报社待，完全不知道报社现在的风水，改啦！马总的副字去了，大会小会表扬你的实习生小林，稿子写得有水平，把我们这些老记者损得半分钱都不值。

南音心里顿时一片寒凉，她从来没想过一个在这实习的女孩子心里会有这样一份心思。果不其然到了报社，正赶上开编前会。马总笑眯眯地说，李记者，小林表现不错，从今天起就正式录用了，你把你手上的线分几条出来让小林跑跑。

南音说，都拿去吧。

同事们都低头"叽叽"地笑。马总脸上有些挂不住。说，小林能成为报社的一员，你也有功劳啊。

南音淡淡地说，我不敢当，她的成长是您的栽培。忽然手机响，是同事小罗发来的短信，点开一看说，猜，你的实习生跟马总睡了几次？南音差点吐出来了，起身连招呼都没打就出去了。

晚上，南音去医院接父亲时，在水果摊买了点水果想去看望一下住在隔壁的杨女郎的嫂子。推开门后，都是生面孔。南音问一旁的护士，杨姐的嫂子呢？护士说，没了。南音说，昨天不都还下床晃了的吗？护士说，夜里转钟三点多的时候走的。南音出了病房，心里感叹，生命何其脆弱。

见到父亲后，父亲将一张医疗清单递到南音手里，说，明天要给医院交五千块钱。南音口里应着，心里却咯噔了一下。钱，钱真的不多了。

出了医院门，南音跟父亲商量，我们坐公交车吧。父亲说，行。在站台上等了十分钟，公交车来了，南音护着父亲上了车。没有座位，父亲手拽着拉环，重心不稳，总晃荡，下一站时上来几个年轻人将父亲挤得都快没站的地方了。南音发现父亲的双腿在微微颤抖，面部是隐忍着的难受表情。刹那间，南音的心就像是被撕了道口子。父亲的双腿一直都很疼，连站都很吃力，怎么还能挤公交车呢？何况父亲身上还有那么深的一道伤口。混蛋，南音在心里连连痛骂自己。

下一站，车停后，南音将父亲带下了车。父亲说，还没到呢。南音说，打的。父亲问，怎么不坐公交了？南音向马路招了招手，说，坐的士，再不许坐公交车了。在的士上，父亲问，南音，你手里到底还有多少钱？

南音顿时慌乱，悔不该坐公交，这个细节出卖了经济上的窘迫。对于钱的多少，南音从来没有跟父亲交过底，钱的开销，也没有跟父亲说实话，她不能让父亲知道钱的底细，那样的话父亲肯定会主动放弃治疗的，这对忠厚善良操劳了一生没享过一天福的父亲来说太过于残酷了。

但钱确实是个很现实的问题，尤其对于像父亲这样的病，治疗起来，花钱就像开闸放水一样。晚上，南音借口说要到超市买东西，下楼来给北华打了电话。南音说，哥，没多少钱了。北华说，还有多少钱？南音说，只有一万多了，明天还要交五千，三期化疗还能不能撑到头还不知道。北华说，我现在手头上攒了一万，明天给你打到卡上。北华的工资南音很清楚，一个月五千五，两个月北华就攒了一万，也就是说北华每个月的花费只有五百块。五百块，在寸土寸金的大上海是怎么生活的？南音问，你每天吃什么？北华说，馒头。南音又问，你住哪？北华说，地下室。南音不忍再问下去了，再问下去，眼泪就要流到嘴里了。

次日小姑提了只土母鸡专程来看父亲。吃过晚饭，一家人坐在一起看电视。待南音收拾完碗筷出来时，发现电视上正在播一则电视购物广告，产品是抗癌宁。父亲的眼睛直勾勾地盯着电视，一眨都不眨。小姑也是一样。电视上的主持人跟打了鸡血似的，激情昂扬，说，您是否正在遭受肿瘤的侵扰？您是否正遭受癌痛的折磨？您是否正承担高昂的医疗费用所带来的经济压力？您是否正在遭受放化疗给身体带来的巨大伤害？呕吐、掉发、饮食没有胃口。别担心，新一代抗癌宁来了，它是美国几代科学家的研究成果，它能在人体内形成靶向治疗方式，它能有效杀死扩散的癌细胞，保护正常组织的新陈代谢。如果您是食道癌、肝癌、肺癌、膀胱癌、乳腺癌、宫颈癌等癌症患者请放心服用抗癌宁吧。

傻子都知道这是在造谣。南音很紧张，她怕父亲听信这样的广告，赶紧拿起遥控器调台。可是父亲发火了，说，就看那个，并一把夺过遥控器将频道调换过来。这一换更不得了。只见一位过气的老明星拿着一盒抗癌宁说，我啊，是去年检查出肝癌的，跑了十几家医院都说没希望了，但是是抗癌宁救了我，我只服用了三个疗程，瘤体就变小了，五个疗程后，肿瘤消失了，感谢抗癌宁帮我重塑生命。

南音当时恨不得一拳砸了电视机。用脚后跟想想都不可能的事，这么先进的医疗设备都对癌症束手无策，小小的几盒药丸能奈何得了吗，真有这样的灵丹妙药，那还开医院干什么，还要医生干什么？媒体赚钱简直到了不要脸的地步了，这就是草菅人命。可是父亲听到心里去了。父亲说，买一个疗程回来试试。南音说，那是假的，您想想，帕瓦罗蒂不也是癌症吗，如果真有这样的药，那他还会死吗？他可是国宝啊。父亲突然倔强起来，说，就买一个疗程试试，如果真像你说的没一点用处，那它还敢花钱到电视上做宣传？

这时小姑说话了，小姑话不多，但一开口却犹如给了南音一耳光。小姑说，大哥，这药我给你买。小姑是山区里的，以种苞谷为生，九十年代后她家周围的平房都成了楼房，而到了今天小姑家的房子还是土砖房，年年都找南音父亲借钱的小姑说这样的话，明显就是激将南音的。南音当时又羞愧又气愤。半晌，南音才说，我买。

两天过去了，南音并没有将药买回来。南音想到花那个钱如同甩在水里，心里就百般不甘，这钱可是北华住在地下室天天嚼馒头以摧残自己身体为代价攒出来的孝心钱，怎么能这样不明不白地花出去呢？因为不买药，南音逐渐感觉到了父母对自己的冷淡。那天，父亲去医院化疗去了，南音在家里给母亲擦洗身体。母亲突然说，音子，你爸爸对你可没有半点私心呢。生你是二胎，罚了款的，五百块啊，那个时候的五百块顶现在五万。你爸爸那个时候的工资才十几块，分了田没几年，家里穷得连米都是我到外婆家借的，但是罚款罚下来了，没办法，你爸爸出门借钱借了一整夜。那一夜借的钱，我们还了三年才还清。母亲开口说的时候就已经泣不成声了，她说，你小时候身体又差，经常半夜发烧，每次都是你爸爸抱你去医院打的针。

从小娇你像娇公主一样，乖乖前乖乖后，出门走亲戚，你一步都不肯走，都是把你爸爸的肩膀当大路，这些你没忘记吧？

南音趴在床沿上，将头埋在胳膊里，双肩剧烈地耸动，她已经不能言语了。

母亲继续说道，他现在就想吃那个药，你怎么就不顺他的意呢。

南音抬起头，抹去脸上的泪水，说，我去买，我这就去买。

广告没说错，果真是各大药店有售。价格也不便宜，一盒九百，只能吃一个星期，三盒一个疗程。当南音把两千七百元人民币一张一张数给收银员时，她感觉自己就像屠刀下的羔羊，伸着脑袋任人宰割。

十一

父亲的身体瘦得非常迅速，像是脱过水一样，呈现干瘪的状态。尤其是两条腿跟棉花秆似的，行走对于父亲来说已经相当艰难了。医生也开始给父亲开出曲玛多。此药一开，南音心里明白，父亲离死亡已经越来越近了。而且父亲也频繁出现晚期才有的症状，忽冷忽热，冷起来盖几床被子都不见效，上牙齿打得下牙齿格格地响。

逼近年关了。父亲想回老家过个年。医生没有同意，医生说，大伯，过年在哪儿过不是一样啊，只要亲人拢在一起，哪儿都是年三十。医生对父亲说得很委婉，但是对南音说得很直接，说，你父亲情况很危险，最好不要回老家，就在这里，万一出现紧急情况，离医院近可以快速得到治疗。但是父亲铁了心要回老家过年，让亲人们都过来围坐一起，才有个团圆的样子。南音对父亲劝说了几天，从身体的角度，从母亲腿脚还不尚利索的角度，从办年货琐琐碎碎复杂麻烦的角度都讲到了，可是父亲依然执拗地坚持回老家。南音肯定不能对父亲说，你现在就如纱帐内的蚊子，死神随时可能一巴掌将你拍死。看父亲心意坚决，南音只得对父亲做出让步。

腊月二十五，南音给父亲包了个面包车，直接送到家门口。母亲骨折只在床上养了两个月，下地走路还是一跛一跛的。但是母亲对父亲的话从来是服从，母亲一直都是跟随在父亲后面的，温柔又忠贞。看着父亲牵着母亲的手，步履沉缓地走向面包车，在后面提着行李的南音眼里一片模糊。

送走了父母，南音突然感到一阵轻松。她不用记挂母亲有没有吃饭，不用担心父亲有没有饿着，不用一日三餐顿顿花心思，不用起早贪黑操持家务。她可以踏踏实实安安心心睡上一觉了，也可以沉下心来坐在报社的电脑前好好写篇新闻。可是闲下来，她还是会想想父亲怎么样，母亲的腿这个样，家里的活能应付得来吗？年货是怎么置办的？父亲会不会遭遇意外？有一个想法在南音脑子里闪过，她有点希望父亲能在老家，能在她看不见的地方走向生命的终结。南音希望一觉醒来，就能接到母亲的电话，说，音子，爸爸走了。是的，南音不想陪着父亲完整地经历从生到死的过程，这个过程实在是太残酷了，南音不忍看。

电话响了，真的是母亲打来的。父亲难道真的走了吗？电话响着，南音不敢接听，她的双手不住地颤抖。最后一刻，南音心一横接了。母亲说，你什么时候回来？早点回来帮下我，我腿不好，今天买了一篮子豆腐全掉灰里了。

哦。南音悬在嗓子眼的心才重新落回肚里。说，快了，明天就回。爸爸还好吧？

好什么好，一回来就在镇上医院吸氧气，晚上睡觉插了电热毯还喊冷。

腊月二十九，南音跟北华一前一后到了屋。躺在床上的父亲看到他们时，竟流下了眼泪。父亲说，我脖子这里有个疙瘩，压得我总喘不过气来。早知道这样，我该听音子的话不回来过这个年的。

谁叫你不听我的话。看着父亲受这种无谓的折磨，南音心里又疼又气，说，你要是别人的爸爸，我早就把你掀出去了。

晚上，刘芳的娘家兄弟过来报喜说刘芳生了，生了个大胖小子。这样的消息如果搁在往日，那李家定是另一番景象，热热闹闹，喜气洋洋，父亲只怕连小曲都哼上了。可是在今日，这巨大的喜讯却没有冲淡笼罩在这个家的愁云。北华去了刘芳家，但是夜里还是返回了，用手机拍了孩子的照片给父亲看，父亲点点头，表示满意。

次日三十，别人的年是年，南音家的年没有半点年味。北华陪着父亲在镇医院吸氧。南音陪着母亲在厨房里做团年饭。去年的年三十，北华都带着南音满校园里放鞭炮。母亲乐呵呵地责备说，北华，你都快三十了呢，怎么还没长大哟。父亲一边扇炉子一边说，父母一天不死，他们一天都是孩子。南音眼睛一瞪说，搞快点，吃了好给压岁钱。父亲呵呵大笑，加快了扇炉子的速度，嘴里说，个小杂种，从腊月初一就开始算计老子的压岁钱。以往的年多么美好，可是今年的年却是这般次第，估计以后的年再也不会有美好的景象了，桌边总有一个空。

父亲好歹在桌边坐了一小会儿，象征性地动了一下筷子，就离席躺床上去了。南音感觉父亲呼吸很困难，事情不妙。要赶快将父亲送往医院。北华给学校校长打了个电话，由校方出面租了个车，年头腊尾的车不好租，何况还是这样的一个生意。由此校方多加了五百块钱。

听闻父亲要去医院，在学校里过年的所有老师还有家属都赶来了，大家都抱着见最后一面的想法来为父亲送行。父亲从车窗里伸出手跟所有来送他的人一一握了一遍。

一路上，父亲都觉得空气呼吸不到肺里，每一次呼吸嘴都张到极致，如涸辙里的鱼。一家人拳头搋得死死的，急得如热锅上的蚂蚁。南音赶紧打了120，要求急救车顺着松江县的国道开，遇到路上有辆打事故灯的黑色轿车就停。

上了救护车，插上氧气，父亲才稍稍好了一点，但依然感觉呼吸困难。下了车，父亲就直接被送往了急救室，吸痰器嗡嗡嗡地响，但是却吸不到痰。跟着病危通知书连下三遍。那时，父亲的面色越来越白，眼睛也直往上翻，双脚不断蹬蹉。南音心如刀绞。所有值班医生在匆忙之中简单商量了救治方案，决定割开患者的喉咙。手术风险很大。主刀医生按照程序找家属谈话。南音急着说，快割吧，不管后果如何，我希望你们快点，快！

又是一次残酷的等待。病房外，母亲、北华、南音仨都哭成了泪人。窗外的鞭炮声更增添了悲伤的气氛。千家万户都在这个时刻团圆，只有他们这个圆是破损的。大姑给南音打来电话，问父亲情况。南音泣不成声说，爸爸在抢救。大姑很平静地说，你跟哥哥对爸爸都尽了心，我们知道，爸爸要走这条路，是没有办法的，实在救不过来，就算了，走了对他也是一种解脱。

挂断电话，南音心里一片悲怆。

病房的门开了，医生面带笑容地走了出来，说，抢救成功，活过来了。

仨人推门进去时，父亲已经坐在床上，面色恢复了常态。南音满含珍重地叫了声爸爸，可是父亲回应她的是烦躁，父亲将枕头砸向南音。护士长走了进来，说，不要跟你爸爸说话，你爸爸现在讲不了话了。怪不得父亲反应如此强烈，好端端的父亲转眼间成了个活哑巴，一时难以接受。护士长说，李伯，不能讲话暂时还不能适应吧。等病好了，到时候拔了管子，您就又可以说话了，没事的，放心吧。

父亲的情绪才渐渐平息下来。北华下楼到商店买了个记事本和一支圆珠笔上来，从此本子和笔就成了父亲说话的工具。

南音问，刚刚您都快死了，您知道不知道？

父亲写道，不知道。

南音和北华相视一望，彼此震惊。刚才脸色刷白双腿踢蹬已然将死的父亲居然不知道他那一刻的痛苦。南音的心里开出一条缝隙，她摇了摇头，不知道自己急切地救活父亲究竟是对还是错。早知道父亲因大脑缺氧没有了任何意识，死得不痛苦，她也许不会急切地让医生来救父亲。正如大姑所说的一样，父亲早一天走无论对自己还是对身旁的亲人来说都是一种解脱。

重新活过来的父亲，长久地住在了医院里。钱又成了眼前最最现实的问题。

十二

医院正式上班的那天，主治医生率众护士查房。护士长一手将一束康乃馨递给父亲，一手将一沓医疗清单递给南音。南音一看，暗地里打了一哆嗦，张张清单上面都是负数，总共要给医院交一万块钱。北华从妹妹手里拿过清单后，就陷入了沉默。

父亲自从喉咙被割开后，也安静了许多。需要茶水或是有什么需求的时候，父亲会拿笔敲一下床头柜，用声响来呼唤亲人。

听到声响后，南音和北华走到父亲床前。父亲用笔在本子上写道，还有钱吗？北华朝南音看了一眼，没有回答。南音心里特不是滋味，她无数遍叮嘱父亲不要为钱发愁，可是父亲还是很紧张费用。南音感觉到了父亲对于钱的敏感，一有什么动静，父亲就会往钱上想。南音感觉到了巨大的压力。她觉得父亲紧张钱就是在紧张自己的生命，因为钱与他的生命紧密连在了一起。钱和父亲对生的强烈欲望令她生出些怒气，向瘦骨嶙峋的父亲吼道，叫你不要操心钱，说多少遍了，还有钱，你现在最大的任务就是活着，活着！

中午，两兄妹去食堂打饭。电梯上，一位农民样的中年男子拿着一个诊断书哽咽着向开电梯的阿姨说，结果出来了，是宫颈癌，得要大几万治，治了还不一定能治好。中年男子的脸上满是皱纹，一脸的勤扒苦做相，此刻他的神情带着遭受晴天霹雳的呆滞与惊闻噩耗的绝望和无助。开电梯的阿姨说，没办法的事，没钱借钱也要治啊，要尽人道主义啊。南音带着深深的同情与理解，真诚地安慰道，别担心，一切都会好起来的。

北华问南音，钱够不够？

南音说，不够。

北华问，那怎么办？

南音说，我来想办法。南音不想把这个难题交给北华，虽然北华是兄长，大她六岁。但是北华的处境不好，何况北华现在有了孩子，不能让北华背负更多的债务。南音想到了张辉，南音知道张辉有五万的存折，是年前提到结婚，张辉故意拿出来在她面前显摆的。

南音说，我明天去趟省城。

坐在开往省城的巴士上，南音心里五味杂陈。她不知道如何向张辉开这个口。自己跟他毕竟还不是夫妻，只是恋人关系。他没有跟她一起承担苦难的义务。他随时都可以向她提出分手，甚至不必负任何责任，他们谈了一年多，没有身体和经济上的纠葛，除了上次母亲骨折他给过三千块外。南音跟张辉至今亲热的程度也仅仅是牵手拥抱接吻，偶尔，南音开放过自己的上半身。南音总是向张辉强调，初夜一定要留到新婚。每每尽兴时，张辉都会为此心怀不满斗嘴怄气，但是张辉还是很尊重南音的意愿。

得知南音要来，张辉高兴得请了两天假。他特地为此取了两千块钱，宾馆早早就定好了。逛了半天的街，商场里，张辉带着南音试过好几件衣服，好几双鞋子，好几个包包，可是南音总说不要，不缺。喝，只喝矿泉水，吃，就在小摊子上吃碗湖南米粉。张辉都心疼了，晚餐时，张辉拽着南音去鱼王府第，南音不去，说，省钱，花钱的地方多。张辉没法，只得叮嘱卖米粉的阿姨说，要牛肉放双份的，加虎皮鸡蛋，两根香肠。

夜里，在宾馆里两个恋人温存了一番。到了关键时刻，南音照例是推让。张辉便识趣地停止了动作。

张辉。

怎么？

你，你能借点钱给我吗？

能啊，要几千？

三万。

三万？张辉将脸对着南音的眼睛，问，干什么？

我爸爸没钱了。

哎。南音，其实我也有句话，不知道当讲不当讲。南音没

216

作声。张辉说，说真的，伯父得这个病，我很痛心。可是你想过没有，这得的是癌症，是你花多少钱下去都无济于事的啊，人总是要走的。你这么多钱只白白送给了医院。

可他是我的爸爸啊。他还年轻，还不到六十岁。南音热泪长流。

我理解，我理解你的心。可是，我们还是要理智不是。你现在只想到了伯父，只想到给他治病，把北华、伯父还有你的工资都捆绑在一起给伯父治病，可是你想过伯母没有，伯母没有工作，没有任何生活来源，你为伯父把一切的钱用完了，伯母将来拿什么生活？难道生你养你的人只有伯父一人吗？你还有另一位老人等着你去赡养啊。

南音懵了。一下陷入了两难的境地。可是就这么舍弃对父亲的治疗吗？

张辉说，南音，你已经尽心了，不要硬撑了，跟伯父说明吧，他会明白的，像他这样的癌症是绝症，治不好的。我也没多少钱，我们将来有自己的生活，我们结婚要买房子吧。其实对于伯母的赡养，我也没想到过跟北华扯，让我们来赡养，退一万步说，你是女儿，能做到这一步，已经很不错了。

虽然我是女儿，可我们家在养育我跟北华时没有分彼此，他们没有因为我是女儿就对我缺衣少穿、另眼相待啊。

如果父母在养育上分了厚薄，说不定南音还能生出就此了结的理由来，可是父母从小拿她当掌上明珠看待，父母对待儿子和女儿的态度向来一碗水端得平平的。为了能把两个孩子供出去，父亲让北华读完初中后直接上了中专，好早点分配工作来帮自己供南音读书。南音高中毕业后，北华也提出要读大学，脱产进修。因为父亲曾经许诺了他的大学梦。一下要供两个孩子读大学，对于他们家对于父亲来说是无比沉重的负担。因为南音大学考得并不好，成绩也一直不理想，所有的亲戚都支持北华念大学。除了父母，没有一个亲人支持南音读书。小姑说，一个女孩子读再多的书，总还是要嫁人的。大姑说，又不是好大学，用力供出来了也是白搭。父亲说，她一个女孩子，脾气又不好，你不让她多读点书，不知道些道理，她将来怎么在社会上立足？

　　南音永远记得在读大学之前，父亲在灯下拨打算盘的身影。那一夜，很深了，南音睡了一觉起来，发现父亲卧室的灯还亮着，南音在门缝里看到父亲一手拿笔一手拿算盘。那个账，父亲整整盘算了一夜。次日里，憔悴的父亲高兴地对两个儿女说，节省点过，把你们兄妹俩供出来还是没有太大问题的。那一刻，南音的内心像一只氢气球一样胀满了，她觉得自己的灵魂像受了春雨滋润的竹节一样在"噼啪"地长高。一直处在混沌之中的娇娇女一瞬间开窍了。自上了大学后，南音就学会了头悬梁锥刺骨，整日书不离手。她常想，如果没有父亲，她不会有今

218

天，是父亲成就了她，改变了她，也是父亲拯救了她。这份恩情该怎么算，割肝割肉来报答也不为过。

你不借钱就算了。说得再好听，毕竟不是你亲生的爸爸，你不借，我会找别人借的。说完，南音倒头睡下。任张辉如何讲道理，如何恳求，南音都不再理睬。

次日，天一亮，南音就收拾了行李赶到了车站。

十三

根据医生会诊的结果，主治医师给予父亲的治疗方案是放化疗同步进行。现在最要紧的在颈淋巴部位进行放疗，控制肿瘤的增生，缓解父亲呼吸困难的症状。这样一来又多了一个花钱的地方。

如何弄钱啊？南音想到一个主意，她决定向报社预支五万，以后逐月从工资里扣，扣完为止。去往报社的路上，南音觉得自己有点凛然大义，古时董永卖身葬父，现在她卖身救父。只是董永卖的是私人老板，而她是公家老板。刚进大门，门卫张师傅叫住她，说，南音，你们记者部有封信，带上去吧。南音进到门房拿信。张师傅问，怎么哭啦？南音说，沙子进眼里了。这里的门卫还兼司机，遇到紧急采访都是张师傅开车送记者去的。南音跟他关系还不错。南音说，张师傅，你说我能找报社借钱吗？

当然可以啊。张师傅又说，你找报社借什么，我身上有钱，你要多少？

我要五万。

你干什么？

南音便将自己的想法告诉了张师傅。张师傅沉吟了片刻说，南音，你再好好想想吧，这不妥。

怎么不妥？

你一个月跑死才一千多块，这样的债你要还五年，五年，这可是你这丫头最青春的五年啊！这五年你都要钉死在这个单位里，无论多大的委屈你都要承受，你不能选择逃脱，一旦借了钱，你就没有任何资本来抗争了。张师傅叹了一口气，说，跟你实说吧，我就是个例子。五年前我母亲得脑瘤，我找单位借了十万，最后人还是走了，但是债还是债，还得我现在妻离子散，而我却只能像条狗一样待在这里。我本来是广告部的，前年有领导看我不顺眼，将我弄来当门卫，我连嘴都不能还，我必须无条件服从单位的安排。

南音心里暗暗一沉，张师傅的话很有道理，是她把事情想简单了。想到单位里还有像马总那样的人，她到时岂不是一只蚂蚱。可是，眼下，只有单位还是一条路。不管了，先救父再说吧。傻人自有天照应。

在马总的办公室前,南音徘徊了很久,刚推门时,电话响了。是张辉打来的。

南音说,你干什么?

张辉说,我刚突然间心神不宁的,你在干什么?

南音说,我在借钱。

张辉说,你找谁借?

南音说,你管我。

张辉说,我是你老公,我不管你谁管你?

南音说,我找单位借,五万,我还它五年。

张辉说,你疯了,我要你今年十一跟我结婚,明年就到省城来,你待那鬼地方待五年,你还让不让我活了?

南音说,你何曾让我活了。

张辉说,你个猪头,你就不晓得查查你的银行卡。

南音说,什么意思?

张辉说,在你赌气上车的那天我就给你打了三万五千块钱了,我的爷爷。

南音顿时破涕为笑。说,真是乖孙子。

因为父亲这样的身体,隔三岔五就是一个病危通知书,南音实在是无法上班了,向单位请了长假。社长和总编也对南音放宽了政策。工会带了一千块钱到医院进行慰问。面对每天只有出账没有进账的日子，南音显得无比焦急和恐慌。三万五又能撑多久？能不能撑到父亲闭眼？钱如果用完了，再去哪弄钱呢？因为钱的短缺令南音的心时刻处在焦虑与忧患当中，行动和言语上对于父亲便失却了细致与温和。每次父亲拿笔敲桌子时，南音都会觉得烦躁，会粗着嗓门说，不是刚给你喝过水了吗？敲什么敲？你就不能安静一会儿？跟北华一起推父亲去做放疗时，也是经常将父亲冷在一旁，放疗结束后，父亲穿衣戴帽，南音却嫌父亲动作缓慢，总催促说，搞快点，X射线有辐射。

次日，医生过来说要给父亲做个骨扫描。南音一听就火了，跑到医生办公室里，问道，我爸爸还有多少天活？医生指着灯板上的CT片说，看，这些小黑点已经很多了，顶多也就个把月的时间了。

南音一把揪住医生的衣领，说，就这么几天了，你还让他去做骨扫描，一次好几千，你们就这么发着绝症患者的财的？告诉你，我没钱了，你别再跟我出什么花样，做了骨扫描又怎么样，你能让他万寿无疆？

医生大为光火，一把推开南音，说，不做就不做，扯什么扯？我们做个骨扫描不过是想确定患者到了何种程度，好制定科学的治疗方案，尽可能地提高患者的生命质量，哪怕患者只有一天的存活期，我们也要对这一天的生命负责。你没钱，你可以向我们说明难处，我们会酌情处理，什么叫发患者的财？
话不是你这么说的。

南音的情绪有点失控，说，难道不是吗？一个将近黄土的
人了，你们每天这么瞎折腾，一天量十多次血压，半夜里还量，
一次十块，难道不是为了钱吗？什么医者父母心，狗屁！跟医
生理论了半天，吸引了不少病人家属看热闹。得知南音跟医生
吵架后，父亲愤怒了，南音刚推门进来，父亲喝茶的瓷杯子就
摔在了南音的脚前，南音吓了一大跳。嚷道，干什么？父亲虽
然不能说话，但是那眼神如刀剑，恨不得剐下南音一块肉下来。
这是南音从出娘胎来第一次面对父亲这样的神情。南音胆怯了，
低头不语。

母亲开口说话了，她说，南音，你太过分了，你跟谁吵，
都不能跟医生吵，你爸爸的病还指望人家呢，人家手里捏着你
爸爸的命啊，你的心也太狠了。北华也没作声，他只拍了拍南
音的肩。对于这段时间南音对父亲态度的转变，北华仿佛在暗
暗的支持。似乎是一种潜在的合作，兄妹俩隐隐地希望父亲能
加快死亡的脚步，不要落到没钱治疗被医院赶出去的地步，那
对于父亲更是沉重的打击。

南音许久都没有说话。她坐在父亲的床头，有种喘不过气
的感觉。一时间，对自己也生出怜惜。晚上，南音服侍父亲吃
饭。待父亲躺下后，南音顺手翻了一下压在父亲枕头旁的笔记

本，第九页上面，满满一页纸只写了一句话，"久病床前无孝子"，每个字都透着力道，把纸都划破了。这七个字如当头棒喝，南音一下子震住了、呆住了。她能体会到父亲是在何种心境下写出来的。又想到医生说父亲只有个把月的时间了，南音的心里霎时间波浪翻滚，伏在父亲身边哭了起来。

父亲醒了。拍了拍南音，然后将那页纸撕了下来，扔到了纸篓里。提笔写道，别往心里去。南音哭着摇摇头，说，是我不好，我不孝，我不该对您不耐烦，我不该跟医生吵，我让您伤心了，我改，我改。父亲悲戚地笑了笑，又写道，不怪你，你刚打水去了，我叫你妈妈把医生喊进来，我问了，医生跟我交了底，我的病没有希望了，花再多的钱也治不好，你做得对，是医生不地道，我都这样了，还让我去花冤枉钱。

不！爸爸，你会好的，你会好的，我向你保证，你千万要有信心。

次日里，护士长又向南音递了一沓医疗清单。南音悄悄将护士长拉了出去，低声说，你以后递这些时，别当着我爸的面好不？护士长"哦"了一声，赶紧点头。晚上时，大姑给北华打了电话，详细问了父亲的情况。对死亡司空见惯的大姑对北华说，你爸爸要是没救了，就别浪费钱了，拖回老家来吧，再说了，死的要奔死，生的要奔生，把钱用尽了，你爸爸两眼一闭他就管不着你们了，你们还得活啊。

　　大姑的话很现实，但是却令南音很反感。亲情到了这个时候怎么是这般的冷酷？晚上，在医院的花园里，北华跟南音说，南音，现在亲人们的意见是想把爸爸弄回去，不治了，你看……黑暗里，南音的眼睛如漆，她反问道，你看爸的样子，能把他弄回去吗？喉咙上插根管子，鼻子里也插着氧气，他分分秒秒都离不了医生护士，你怎么把他弄回去？

　　北华没有回答，他也不能回答。对于北华来说他也是两难的，他也心疼父亲，他也不希望父亲遭罪，可是又能怎么样呢？父亲得了这样的病，如果父亲不是绝症，是其他的病，是能治好的病，北华哪怕就是背再多的债来医治也甘心。因为自己这几年的不稳定，挣不来钱，北华也明显感觉自己在这个家里难以做主，有时候，做主，是要靠钱来撑腰的。他知道妹妹的难处，妹妹能有多少钱，不能总向张辉伸手吧，如果妹妹接纳亲人们的意见，答应将父亲弄回去，北华是绝对的支持，算是在某种意义上给妹妹轻轻担子。

　　南音咬咬牙，坚定地说，不能把爸爸弄回去，只要爸爸没断气，我们把他拖回去了，那就等于是我们杀死了爸爸，他光躺着浑身都不舒服，喘口气都难受，他还经得起折腾吗？谁再动这个心思，还不如一棒把他打死了算了。

　　钱呢？

　　我来想办法，无论如何，我都要爸爸在医院里咽下最后一口气，这是对生命的尊重。南音说完话，扭头就走了。

父亲现在仿佛是认命的样子，不怎么出声了，敲桌子的频率越来越少，而且对于有些治疗父亲也拒绝了。父亲脸上的表情异常的平静。他开始一点点地安排后事了。他首先写在本子上的是学校这些年欠下的包工头的账，哪年哪月，一笔笔，清清楚楚。并且叮嘱母亲，家里的木箱子不要动，里面是他管学校后勤以来的所有账目，要六十年不毁账，他生前生后随时可以接受公家检查。

然后，他在本子上列出了几个亲人的名字，要南音北华打电话，让亲人们都来一趟，见最后一面。

南音跟北华一下子就哭了。南音说，什么最后一面，不是的，不是最后一面。

父亲在本子上写道，你没钱了，我知道，昨天妈妈帮你洗衣服，我翻了你的口袋，每张医疗单都欠好几千，爸爸为公家算了十几年的账，我知道的。

南音内心剧痛，无法言语。父亲继续在本子上写道，要跟张辉结婚，要对人家好。爸爸知道你向张辉借了钱，难为人家了。

南音哭着说，别说了，爸，你不会有事的，我们还有钱，还有钱，别担心。

父亲没理会，继续在本子上写道，南音以后脾气要改，要学会一个"忍"字。

南音边哭边点头，肝肠寸断。最不愿面对的现实仿佛离她越来越近了，近到了触手可及的范围。她在父亲的床头悄悄压了面八卦镜，用以斥退死神。但是父亲的身体越来越糟糕，吗啡注射得越来越频繁，后来父亲就长住在了急救室里，只要是南音或者北华喊医生，一定是主任医生、副主任医生和一群护士都来，搬吸痰器、插氧气、打强心针，外加下病危通知书。

一家人的眼泪从没有干过。次日里，南音迷迷糊糊中听到敲桌子的声音。那时南音正做梦，梦见一只闪光的凤凰在老家的屋顶上盘旋，然后从南往西飞去了。父亲的叫唤惊醒了南音，南音赶紧起床，开灯奔向父亲的床前。问要什么，喝水吗？父亲摇摇头，指了指在另一张病床上躺下的母亲，南音赶紧将母亲叫醒。父亲在本子上写道，叫妈妈去把北华叫来。南音心里顿时明白是怎么回事了，母亲也明白了，赶紧到另一个病房把北华叫了来。

父亲写道，北华南音要互相扶持，要把妈妈照顾好。

顿了顿，父亲又写道，我舍不得你们，我想活着。

南音北华和母亲三人齐声痛哭。然后父亲又是一阵呼吸困难的样子。南音赶紧出门去叫医生。医生赶到后，迅速拔下针头换注回苏灵。然而父亲只挣扎了几秒，便猛地向后一倒。本子和笔落在地上，跟着药水就推注不进去了。

医生轻轻地说，人已经过去了。

忽然间，病房里出奇地安静。护士进来为父亲拆走了喉咙上的管子，北华打来热水与母亲一同为父亲擦洗。南音则呆在病房的中央，两腿如生了根一般，一动也不动。父亲走了，闭眼瞬间南音伤心欲绝，同时也如释重负，她有种轻松感，接着越来越轻，浑身的骨头都像被抽走了似的，没有了一丝分量，南音觉得自己的躯体就像一片绒毛，在半空里飞旋，着不了地。"轰"一声，南音倒在了地上。

……

十四

后来在清理父亲的遗物时，南音发现了一个存折，上面有三万块钱，里面夹了张纸条，写着，给南音出嫁用。

爸爸!

南音放声大哭，哭声如婴儿般响亮。

……